N&K

Maryam Madjidi

Eine feine Linie

Roman

Aus dem Französischen von
Sophia Marzolff

NAGEL UND KIMCHE

Die Originalausgabe erschien 2021 unter dem Titel
Pour que je m'aime encore
bei Le Nouvel Attila/Éditions du Seuil, Paris.

1. Auflage 2024

Deutsche Erstausgabe

Gesetzt aus der Centennial
von GGP Media GmbH, Pößneck
Druck und Bindung von CPI books GmbH, Leck
Printed in Germany
ISBN 978-3-312-01341-8
www.nagel-kimche.ch

Dies ist ein Werk der Fiktion. Jede Ähnlichkeit mit realen Situationen, lebenden oder toten Personen ist daher weder zufällig noch unbeabsichtigt.

Inhalt

I Die Widersacherin 15
II Die Benachteiligten 41
III Herkunft 71
IV Neuland 91
V Sieger und Besiegte 113
VI Die Hochburg 139
VII Eroberung 159
VIII Absprung 187

Das Charakteristische an dem lächerlichen Alter, in dem ich mich befand – ein keineswegs undankbares, ein sehr fruchtbares Alter –, ist eben, dass man den Verstand nicht befragt und dass einem die beiläufigsten Eigenheiten der Menschen unverbrüchlich zu ihrem Wesen zu gehören scheinen. Ganz von Ungeheuern und Göttern umringt, kennt man fast keine Ruhe.
Man führt in diesen Jahren beinahe keine Geste aus, die man nicht nachher gern zurücknehmen möchte. Man sollte aber stattdessen gerade bedauern, dass man die Spontaneität nicht mehr besitzt, die sie uns ausführen ließ. Später sieht man die Dinge auf eine praktischere Art in vollkommener Übereinstimmung mit der übrigen Gesellschaft, die Jugend aber ist die einzige Zeit, in der man etwas lernt.

Marcel Proust, *Im Schatten junger Mädchenblüte*

Wir werden heute nicht weiterkommen,
sagt der Kapitän.
Zu viele Hindernisse, um den Horizont
zu erreichen.

Dominique A, *L'Horizon*

Für Samir Malou
Nirgends auf dieser Welt zu sehen
Überall auf diesen Seiten anwesend.

Hier passiert nichts.

Fünfzehn Jahre habe ich hier gelebt, und nie ist irgendetwas passiert.

Ich bin zurückgekommen, um hier zu leben. Und immer noch passiert nichts.

Du bist eine Stadt, die von Geistern bevölkert ist.

Eine Stadt, die sich für ihre Existenz entschuldigt.

Wenn ihr nachts auf die Brücke geht und den Zügen hinterherschaut, dann hört ihr die Geister schreien.

I

Die Widersacherin

Weil ich es mir wert bin

Als Jugendliche war ich ausgesprochen hässlich. Ein schauderhafter Anblick. Meine dicken, krausen Locken bildeten eine kompakte Kugel um meinen Kopf, die so dicht war, dass kein Wind wie in der Shampoowerbung hineinfahren und sie anheben konnte.

Wenn eine dieser Fernsehreklamen lief, betrachtete ich gebannt und voller Neid das wehende, seidig durch Finger gleitende Haar.

Meines war zäh, unerschütterlich und unbezwingbar wie ein Römerhelm. Um mir ein Haar auszureißen, musste man schon sehr fest ziehen.

Meine Klassenkameraden nannten mich »Washing Machine«. Und fügten hinzu: »Für die Frisur steckt sie morgens ihren Kopf in die Waschmaschine.«

Ich dankte ihnen für die Erläuterung; wenigstens war es das einzige englische Wort, das sie nie vergessen würden.

Der Spitzname war eines Frühlingsmorgens einem Schüler entfahren, als ich vor den Augen der ganzen Klasse mit meinem neuen Haarschnitt ankam.

An Nouruz, dem persischen Neujahr, ist es Brauch, dass man zum Friseur geht, sich neue Kleider kauft, zu Hause Großputz macht. Also war ich in der Avenue

Henri-Barbusse – unseren Champs-Élysées – in einen Coiffeursalon gegangen.

Die Friseurin, die mir die Haare schnitt, eine Frau um die dreißig mit geglätteter platinblonder Mähne und einem von Lipgloss glänzenden Mund, hatte einen von tausend enttäuschten Träumen und Hoffnungen abgestumpften Blick. Strähne für Strähne, Schnitt für Schnitt kristallisierte sich im Spiegel langsam und unerbittlich das scheußliche Trumm einer amerikanischen Hausfrau der Fünfzigerjahre heraus, mit viel Lack und einem dichten Pony, der wie ein Mützenschirm über meinen Augenbrauen lag.

Ich sagte nichts, biss mir nur auf die Lippen, um nicht vor Wut oder Verzweiflung loszuheulen. Beim Zahlen an der Kasse lächelte ich schwach wie ein Verurteilter kurz vor der Hinrichtung, und auf dem Heimweg schwor ich mir, dass ich mit diesem Wust auf dem Kopf nicht in die Schule gehen würde. Lieber wollte ich sterben, als die sarkastischen Kommentare meiner Mitschüler hören zu müssen. Ich würde einfach so lange abwarten, bis meine Haare wieder nachgewachsen waren, ehe ich auch nur einen Fuß auf das Gelände meines Collège setzte. Mein Schuljahr war damit wahrscheinlich gelaufen und ich würde die Klasse wiederholen müssen – aber das war nichts, rein gar nichts im Vergleich zu dem, was mich erwartete, wenn die anderen mich so sahen.

Als ich zu Hause in mein Zimmer hochstieg, begleitete mich das Gekicher meines Bruders, der fand, ich sähe aus wie Bernadette Chirac, nur in Dunkel. Im Blick meines Vaters erkannte ich Mitgefühl, in dem meiner Mutter Bestürzung. Sie fanden nicht mal den Mut, mich anzusprechen. Mein Leben war im Eimer.

Am nächsten Morgen stand ich auf, machte mich für die Schule fertig und tat, als wäre alles ganz normal. Ich verließ das Haus und ging bis zum Ende unserer Straße, nur bog ich dann statt nach links nach rechts ab und wanderte eine halbe Stunde lang ziellos durchs Viertel. Ich kam bis zum Umsteigebahnhof der Autobusse und der Metrolinie 5, wo ich mich auf eine Bank setzte und dem Kommen und Gehen der Busse zusah. Ich sah den 148er und den 146er, den 234er und den 134er vorbeifahren, saß einfach nur da und wartete. Ich hatte ein bisschen Geld dabei und kaufte mir ein Thunfisch-Salat-Sandwich bei dem Imbiss, der hinter der Haltestelle des 148ers lag und von Chinesen geführt wurde.

Ich aß es, während ich einen Bus nach dem anderen passieren sah. Beobachtete den Straßenhändler mit seinen karamellisierten Erdnüssen, der gerade angekommen war und sorgfältig ein Dutzend Erdnusstüten auf einem Pappkarton platzierte. Ich hatte noch ein paar Münzen übrig und kaufte ihm eine Tüte ab.

Es gefiel mir, das leise Klingeln der Straßenbahnen zu hören, die an der Haltestelle Pablo-Picasso ankamen oder abfuhren. Ich fühlte mich wohl auf dieser Bank. Hier hatte ich meinen Frieden, und keiner machte sich über meinen Haarschnitt lustig.

Ah, nun war der Maisverkäufer aufgetaucht und bezog seinen Platz. Er hatte einen Einkaufswagen bei sich, in dem sich Zeitungspapier, Kohle, Pappe, rohe Maiskolben, ein kleines Metallfass und ein Grillrost befanden. Nachdem er in dem Fass ein Feuer entzündet hatte, befestigte er beidseits des Wagens den Rost und legte die Maiskolben darauf. Er schnitt ein Stück aus der Pappe aus, um es als Fächer zum Anfachen der Glut zu benutzen. Dann rief oder vielmehr sang er in regelmäßigen Abständen, wobei er das zweite Wort in die Länge zog: »Heißer Maiiiiis, heißer Maiiiiiis.«

Es war 15 Uhr. Zu dieser Zeit kam ich normalerweise aus der Schule. Ich konnte also nach Hause gehen.

Und so würde es nun weitergehen – bis meine Haare nachgewachsen und die 50er-Jahre-Hausfrau endgültig verschwunden war.

Drei Tage später rief die Schule bei meinen Eltern an, und ich musste alles gestehen.

Ich führte einen Krieg mit meinen Haaren. In *Die Arbeiter des Meeres* von Victor Hugo kämpfte Gilliat gegen den Wind, die Wellen und den Tintenfisch – ich kämpfte gegen das Gewusel, Gebausche und Gekräusel. Ich war eine Gilliat des Kopfhaars.

Ich bewaffnete mich mit dem Föhn und zog fest mit der Bürste, um jede einzelne Strähne glatt zu kriegen, doch die Krussellocken hielten der Hitze stand, wollten sich nicht fügen, entwanden sich den Krallen der Bürste, und am Ende war ich meist völlig verschwitzt und erledigt. Ich betrachtete mich im Spiegel: Unter der scheinbar geglätteten, geplätteten und gezähmten Haarpracht erahnte man den Friséesalat, der sich kringelig lachte.

An den Tagen nach meinem Föhnstyling fürchtete ich nichts so sehr wie Feuchtigkeit; es genügte ein kleiner Nieselregen, und alles war dahin. Darum trug ich, wenn ich unterwegs war, immer eine Kopfbedeckung, einen Hut, eine Baskenmütze, irgendetwas zum Schutz vor drohendem Gekräusel.

Nachts befestigte ich Haarspangen, -nadeln, -klammern, -gummis an strategischen Stellen meines Kopfs, damit die widerspenstigsten Locken morgens gebändigt waren. Es war ein Ritual vor dem Schlafengehen, das ich heimlich absolvierte, um nicht zum allgemeinen Gespött zu werden. Es erforderte Konzentration und Aufmerksamkeit: Wo stecke ich diese Spange hin? Und wohin diese Nadel? Wie stelle ich es am besten an, dass die vorderen Fransen morgen früh platt sind? Manchmal wachte ich mitten in der Nacht auf, weil sich eine der Klammern schmerzhaft in meinen Schädel gebohrt hatte.

Am Morgen stürzte ich als Allererstes ins Bad, um mich zu begutachten: Stück für Stück entfernte ich die ganze Gerätschaft von meinem Kopf, voller Ungeduld, die Belohnung für so viel nächtliches Leid zu ernten, und wenn ich die letzte Klammer abgenommen hatte, erblickte ich im Badezimmerspiegel eine Playmobilfigur.

Es war eine Qual, der ich mich freiwillig unterzog. Warum? Weil ich 13 war und aussehen wollte wie Brenda in *Beverly Hills*. Weil ich diese Kanakenwolle verabscheute, die meine ferne Herkunft verriet.

Alle Rauheiten, Unebenheiten, jede Art von Rumpeligkeit der Ausländerin, für die dieses Haar der Inbegriff war, wollte ich abschleifen, glätten, polieren.

Als ich 14 wurde, schenkte mir ein Freund meiner Eltern zum Geburtstag eine Haarglättung bei einem renommierten Pariser Coiffeur.

Bei dem Glättungsverfahren werden die Haare mit äußerst ätzenden Produkten eingerieben, um jene verflixten chemischen Verbindungen aufzubrechen, die für die krause Struktur verantwortlich sind, und diese für gut drei Monate lahmzulegen.

Ich war sehr glücklich über dieses Geschenk. Vorbei mit dem endlosen, aufreibenden Föhngezerre, vorbei mit den nächtlichen Haarnadeln und Spängchen! Endlich würde ich das seidige Haar aus der Werbung bekommen. Man würde mich für eine Spanierin oder Italienerin halten statt für eine Araberin – für mich ein klarer Gewinn.

Die Friseurin bestrich meine Haare mit dem Produkt und ließ es eine halbe Stunde einwirken. Es roch sehr streng, der Geruch brannte mir ein bisschen in Augen und Nase. Die Friseurin erklärte mir, darin seien Ammoniak, Schwefel und noch lauter andere Substanzen mit kompliziertem Namen enthalten.

Dann spülte sie es aus. Föhnte und glättete mein Haar, das unter ihrer dicken Bürste wie ein feiner Schleier auf meine Schultern sank. Als ich den Salon verließ, suchte ich in jedweder glatten Oberfläche nach meinem Spiegelbild. Ich kam mir wahnsinnig europäisch, wenn nicht sogar kalifornisch vor. Endlich näherte ich mich meinem Vorbild Brenda an.

Dessen ungeachtet juckte es mich ein wenig auf dem Kopf. Offenbar reizten diese chemischen Produkte immer noch etwas die Haut, aber ich achtete nicht groß darauf. Ich schritt stolz dahin, fuhr mit meinen Fingern durch die weiche, wogende Seide, drehte meinen Kopf nach links und nach rechts, um mein Haar wie in der Werbung schwingen zu lassen: Ja, ich war es mir wert.

Es juckte immer stärker, allmählich tat es auch weh. Einige Stunden später hatte ich das unerträgliche Gefühl, dass meine Kopfhaut in Flammen stand. Alles brannte, ich hatte schreckliche Kopfschmerzen, mein Schädel schien mehrere Tonnen zu wiegen, und ich konnte ihn kaum noch aufrecht halten.

Ich ging in die Notaufnahme. Meine Kopfhaut hatte Verbrennungen zweiten Grades, und in den darauffolgenden Tagen fielen mir die Haare büschelweise aus.

Der Kanon der persischen Schönheit

Es gab etwas, das meine Herkunft noch deutlicher verriet. Etwas, das ich bisher nur an Iranerinnen bemerkt hatte: Ich besaß nicht zwei, sondern eine Augenbraue. Eine lange Braue, die sich quer über die Stirn zog und über den Augen ein mächtiges Bollwerk bildete. Meine Monobraue.

Die Monobraue gehört zum Schönheitskanon der persischen Frau. Man findet sie bei den weiblichen Figuren in der Miniaturmalerei oder auch auf anderen Bildern. Die langhaarigen Schönen mit ihren Mondgesichtern tragen mitten im Antlitz jenen feinen schwarzen Strich, der geschwungen ist wie die Flügel eines Vogels im Flug. Noch bis Anfang des 20. Jahrhunderts war die Monobraue bei den Iranerinnen in Mode.

Frida Kahlo hatte ihr ganz neuen Ruhm verschafft, aber ich war nicht Frida Kahlo.

Ich war ein junges Mädchen mit dem heftigen Wunsch, dem westlichen Schönheitsideal zu entsprechen, ein Opfer amerikanischer TV-Serien. Und die Monobraue machte alle Bemühungen, mein Wunschbild zu verkörpern, gnadenlos zunichte.

Zusätzlich zu »Washing Machine« hatte ich noch den Beinamen »Barre de Shit« erhalten, eine Anspielung darauf, dass meine dicke Augenbraue einem auf die Stirn geklebten Haschriegel ähnelte. Jedes Mal, wenn ich in den Schulbus stieg, hörte ich: »He, da kommt Barre de Shit!«

Die Monobraue war jedoch noch nichts gegen ein anderes typisches Kennzeichen der Iranerinnen: der Damenbart.

Bei mir war der Damenbart, jener unschöne dunkle Flaum zwischen Nase und Mund, im Alter von acht Jahren aufgetaucht. Als wir von Paris wegzogen und ich neu in die vierte Klasse der Roger-Salengro-Grundschule kam, war ich fast zehn Jahre alt und der Flaum dunkler und dichter geworden, ja im Begriff, sich zu einem Jünglingsschnurrbart zu mausern.

In einem Alter, in dem ich mich eigentlich zur Frau entwickeln sollte, sah ich immer deutlicher dieses Symbol von Männlichkeit in meinem Gesicht zutage treten.

Auf dem Hof der Grundschule nannten die Kinder mich »Schnurrbartfrau« oder auch einfach nur »Schnurrbart«. Letzteres war noch schlimmer, hatte man mich doch meines Geschlechts beraubt – ich war nurmehr ein Schnurrbart.

Manchmal weinte ich deswegen. Einmal, in der fünften Grundschulklasse, murmelte ein Schüler, der in der Reihe hinter mir saß, ununterbrochen: »Schnurrbart, Schnurrbart, Schnurrbart, Schnurrbart.«

Ich heulte absichtlich laut, damit man mich hörte.

Die Lehrerin fragte mich, weshalb ich weinte, und ich sagte ihr die Wahrheit. Der macht sich über mich lustig, er sagt, ich hätte einen Schnurrbart, obwohl das gar nicht stimmt, ich habe keinen Schnurrbart. Und der gemeine Kerl murmelte hinter mir einfach weiter: Klar stimmt das, du hast 'nen Schnurrbart, lüg doch nicht, natürlich hast du einen Schnurrbart. Und die ultimative Demütigung kam mit der Antwort der Lehrerin, einer Antwort, mit der ich bei dieser Garantin für Ordnung und Gerechtigkeit niemals gerechnet hatte: »Gut, machen wir weiter mit unserer Konjugation, die Erde wird sich nicht aufhören zu drehen, nur weil du drei Härchen über der Lippe hast.«

Die ganze Klasse lachte. Ich versank vor Scham im Boden.

Ich wünschte mir, man würde mir den ganzen Kopf abschrauben und einen anderen aufsetzen.

Einen hübschen Französinnenkopf mit zwei klar getrennten Augenbrauen, die meiner Nase den Platz ließen, anmutig in die Stirn überzugehen. Zwischen Nase und Stirn liegend, war meine Monobraue eine Grenze, die trennte, abschloss und ausschloss. Sie machte meinen Blick düster, wie eine dräuende Gewitterwolke, die sich vor den Himmel schiebt.

Ich träumte von einem schönen Mund mit makelloser Oberlippe. Ein einziger kleiner Schönheitsfleck auf der glatten, härchenlosen Haut zwischen Nase und Lippe wäre perfekt, so wie bei Cindy Crawford, dem Supermodel, von dem ich in meinem Zimmer mehrere Poster hängen hatte.

Auf einen Mund wie meinem Lippenstift aufzutragen, war völlig undenkbar. Wie würde das aussehen? Wie ein Mann, der sich als Frau ausgibt? Wie eine Frau, die sich als Mann ausgibt? Beides zugleich? Wie eine missratene orientalische Androgyne? Dieser Damenbart konterkarierte meine entstehende, noch scheue Weiblichkeit, war ein Hemmschuh für meine sexuelle Entfaltung. Er musste weg. Ich war inzwischen fast 14 und wollte eine Frau sein.

An wen sich in Frauendingen wenden? Natürlich an meine Mutter.

Sie hörte mich aufmerksam an, ohne etwas zu sagen. Dann drückte sie ihre Zigarette aus und ging hinüber ins Schlafzimmer. Sie kam mit einem weißen Faden und Talkpuder zurück.

Sie erklärte mir, das sei eine sehr effiziente iranische Methode der Haarentfernung. Dazu musste man einen festen weißen Faden von guter Qualität nehmen, ihn zwischen beide Daumen und Zeigefinger spannen, mit der einen Hand den Faden auf das Härchen drücken und mit der anderen daran ziehen.

So hatte man ihr im Iran den Oberlippenflaum, die Brauen und sonstige Härchen an Kinn und Stirn epiliert.

Damit reihte ich mich in eine lange Tradition ein, folgte einer uralten Kulturtechnik, bei der Millionen iranischer Frauen die immer gleichen Bewegungen in ihrem Gesicht ausführten. Es erfüllte mich mit Stolz, und ich konnte es kaum erwarten.

Es tat irre weh. Der Faden hatte soeben das erste Härchen samt Wurzel ausgerissen, und bei jedem neuen Einklemmen schrie ich auf. Ich ruckte ständig mit dem Kopf, was meine Mutter wahnsinnig machte, weil sie dann mit dem Faden abrutschte. Sie fuhr mich an: Hör auf mit dem Gehibbel, du musst den Schmerz aushalten, wenn du diese Härchen loswerden willst, beim ersten Mal tut es immer am meisten weh, du wirst dich dran gewöhnen. Aber ich konnte nicht anders, es war ein Reflex, ich wich jedes Mal mit dem Kopf zurück. Irgendwann schnauzte sie mich richtig an und schlug mir auf den Kopf. Ich protestierte laut, verlor das Gleichgewicht und fiel von meinem Hocker, das Gesicht voller Talk. Mit den Fäden zwischen ihren Fingern seufzte meine Mutter über mir: Entweder du hältst still und wir ziehen das hier durch, oder ich lass es sein, und du bittest mich nie wieder darum, dir auch nur das kleinste Härchen auszureißen.

Die Prozedur dauerte endlose zwei Stunden. Anschließend reichte sie mir einen Spiegel. Unter dem weißen Talk leuchtete meine strapazierte Haut rosarot und war aufgedunsen. Ich sah aus wie ein Schweinchen. Bestenfalls wie eine in Mehl gewendete Rote Bete, schlimmstenfalls wie ein Schwein.

Das ganze Gesicht war geschwollen und tat weh. Meine Mutter meinte ungerührt, über Nacht würde es besser werden, bis zum Morgen habe sich die Haut beruhigt.

Am nächsten Morgen erblickte ich im Spiegel ein Monster.

Die Monobraue und der Damenbart waren verschwunden. Bei der Gelegenheit hatte meine Mutter auch gleich mein Kinn, die unteren Wangen und den oberen Haarrand der Stirn epiliert.

Ich war jetzt völlig unbehaart, das war nicht zu leugnen. Doch anstelle der Härchen sprossen auf meiner Haut lauter schreckliche rote und weiße Pickel. Ich war vollkommen entstellt. Vor Schreck begann ich nicht einmal zu weinen oder zu schreien.

Ich ging zu meiner Mutter und stellte mich vor sie hin. Sie schien kein bisschen überrascht. Mach dir keine Sorgen, das ist eine normale Reaktion deiner Haut. In ein paar Tagen hat sich das gebessert. Fass diese Pickel vor allem nicht an und geh mit einem Eiswürfel drüber, die verschwinden dann schon.

Es war zu Beginn des Sommers und sehr heiß draußen. Hitze und Schweiß bewirkten, dass sich die Pickel entzündeten und zu doppelt so großen Hubbeln und eitrigen Pusteln heranwuchsen. Ich drückte, knetete, sezierte und rupfte an ihnen herum. Und auch diese Aktion endete schließlich beim Arzt.

Mein Gesicht war entstellt, doch meine beiden größten Feinde hatte ich besiegt: die Monobraue und den Damenbart. Es war ein Pyrrhussieg, aber immerhin ein Sieg.

Das Tier

Härchen gab es bei mir viele, ja, viel zu viele, am ganzen Körper. Im Nacken, auf dem Rücken, an den Armen, am Bauch, an den Beinen, sogar auf den Fingern, den Zehen, in der Nase, in den Ohren. Ich rede nicht von jenem feinen Flaum, der diskreten und zivilisierten Version menschlicher Körperbehaarung, sondern von langen, schwarzen, gemeinen, hässlichen Härchen. Ich war kein Mensch, ich war ein Affe, eine Vogelspinne, ein Mischwesen mit zu großem tierischen Anteil.

Meine Haarigkeit, das war das Tier in mir. Das Tier, das jenes elegante, zarte Wesen verriet, das ich so gerne sein wollte.

Man sagte mir, Iranerinnen seien nun mal so, all meine Cousinen seien so, die Frauen des Südens seien eben stärker behaart. Mich tröstete das kein bisschen. Ich wollte keine »Frau des Südens« sein. Ich war in Frankreich groß geworden und wollte aussehen wie die Französinnen. Diese Körperbehaarung torpedierte all meine Träume, mit denen ich zunehmend mein Zimmer austapezierte: Claudia Schiffer, Cindy Crawford, Kylie Minogue.

Hinfort mit dem Gewucher, dessen Anblick ich nicht ertrage. Ich hätte mir gewünscht, einem Doktor Frankenstein zu begegnen, der so freundlich wäre, mir die Haut abzuziehen und mir eine hübsche neue Pfirsichhaut zu transplantieren.

Es war in der achten Klasse, und ich hatte mich für einen Skiaufenthalt in Avoriaz angemeldet.

Einen Tag vor der Abreise befiel mich große Nervosität. Mein haariger Körper machte mir Sorgen. Ich fürchtete, die anderen würden nun erkennen, wie stark ich tatsächlich behaart war. Während einer ganzen Woche würde in den intimen Momenten des Alltags, unter der Dusche, beim Ausziehen vor dem Schlafengehen, letztlich ständig und überall, das Tier auf meiner Haut zum Vorschein kommen. Ich wusste, dass wir in Gemeinschaftsräumen schlafen würden, in Achtbettzimmern, es war also gar nicht zu vermeiden.

Also schritt ich noch am Abend vor der Abreise zur Tat. Ich zog mich in unser Badezimmer zurück, seifte mir unter der Dusche die Beine, den Bauch, die Arme, sogar den unteren Rücken ein und fuhr mir mit dem sehr effizienten Drei-Klingen-Rasierer meines Vaters den Körper ab. Es war völlig absurd und übertrieben. Ich hatte Sorge, meine Familie könnte es mitkriegen. Die Klingen des Rasierers glitten über jeden Quadratzentimeter meiner Haut. Als ich mich abduschte, verfolgte ich mit einer Mischung aus Wut und Wonne, wie sich die wegschwimmenden Härchen zu Büscheln ballten und den Ablauf der Badewanne verstopften. Ich fischte mehrere Handvoll heraus und warf sie in den kleinen Mülleimer. Aufgewühlt stellte ich fest, was für eine seidig glatte Haut ohne jede Unebenheit ich nun hatte. Jetzt konnte mein Körper begehrt werden und selber begehren. Ich konnte mich ohne Komplexe nackt vor meinen Freundinnen zeigen. Ich konnte mich einem Jungen, der mir gefiel, nackt zeigen. Das Begehren brachte mich neu zur Welt. Diese Rasur war ein Erweckungserlebnis für meine Libido, die von meiner Behaarung bislang unterdrückt worden war. Es war eine Neugeburt.

Fünf Tage später befiel mich mitten in den Bergen, auf den glatten weißen Skipisten, unter schneebeladenen schweren Tannenzweigen, ein heftiger Juckreiz am ganzen Körper. Meine Härchen wuchsen wieder nach, und sie schrien nach Rache. Tag und Nacht kratzte ich mich, wenn niemand hersah. Ich fürchtete, die anderen könnten mich für dreckig halten, wenn sie mich so wild am Kratzen sahen, eine Hautkrankheit oder sonst etwas Fieses vermuten. Ich musste es heimlich und verstohlen tun.

Es war kaum auszuhalten. Besonders auf der Piste fing es plötzlich an zu kribbeln, weshalb ich mich regelrecht auf meinen Skiern wand, um den Juckreiz zu lindern. Wie besessen blickte ich um mich, ob da nicht eine Tanne, eine Hütte, ein Stück Holz oder sonst etwas war, an dem ich mich reiben konnte, um das teuflische Gekribbel zu mildern. Ich bat die Lehrerin, auf die Toilette gehen zu dürfen; dort zog ich mich eilig aus, schabte mit meinen Fingernägeln über die Haut, bis sie fast blutig wurde, und griff nach einem der Skistöcke, um meinen Rücken zu kratzen.

Es tat so gut, dass ich die Augen schloss, wie ein Höhepunkt der Lust, allerdings nur ein sehr flüchtiger, denn je mehr ich kratzte, desto mehr juckte es.

Als ich vom Skilandheim nach Hause kam, waren die Härchen nachgewachsen, schwärzer, dichter und zäher denn je.

Seit etwa zwei Jahren rasierte ich mir nun regelmäßig die Beine, und in dieser Zeit hatte jedes Härchen nur an Widerstandskraft gewonnen. Bevor ich mit dem Rasieren begonnen hatte, waren die Härchen lang und fein gewesen und hatten sich weich angefühlt, inzwischen hatten sie etwas von Wildschweinborsten. Wo vorher nur ein Haar aus seinem Follikel gewachsen war, rangelten nun drei oder vier um den Weg ans Licht. Unter der Haut an den Beinen grummelte es nur so. Das Rasieren schien die Härchen zu stimulieren, verlieh ihnen eine seltsame subkutane Kraft.

Meine haarigen Beine standen denen meines Vaters in nichts nach.

Nachdem ich mit 14 eine Fernsehwerbung gesehen hatte, die die Vorteile der Wachsepilation pries, fasste ich den Entschluss, nie wieder einen Rasierer zu benutzen.

Meine Großmutter und meine alte Tante würden in den Sommerferien nach Frankreich kommen, und so hatte ich gleich zehn Tiegel Wachs bei ihnen bestellt. Es war das Beste, was zu haben war, kam es doch selbst den hartnäckigen Härchen der Iranerinnen bei.

Meine Verwandten hatten kein Verständnis für meine fixe Idee und meine Härchenphobie. Sie meinten, ich sei zu jung für eine Wachsenthaarung. Du bist noch ein Kind und hast doch nur einen Flaum. Du kannst das machen, wenn du eine Frau bist.

Da hatte ich ihnen noch nicht meine Beine gezeigt, und ebenso wenig wussten sie von dem Schlamassel, das die Rasur angerichtet hatte.

Eines Nachmittags saßen meine Mutter, meine Tante und meine Großmutter im Wohnzimmer, tranken Tee und unterhielten sich. Da stürmte ich zu ihnen hinein und erklärte ihnen, es sei nun an der Zeit für die Wachsmethode, und ich würde keine Sekunde länger warten.

Meine Tante wiederholte dieselben Sätze: Liebe Güte, mit 14 Jahren macht man keine Wachsepilation. Hast du keine anderen Beschäftigungen in deinem Leben, als uns ständig damit in den Ohren zu liegen?

In einer Anwandlung von Wut zog ich meine Hose herunter, um ihnen meine Tarantelbeine zu präsentieren. Meine Tante fuhr sich mit der Hand vor den Mund, um einen Aufschrei zu unterdrücken, bevor sie in Tränen ausbrach und sich auf die Schenkel schlug. Guter Gott, warum ist das arme Kind so behaart, so etwas habe ich mein Lebtag nicht gesehen. Selbst ein Mann hat weniger Haare an den Beinen.

Meine Großmutter stand kurz entschlossen auf und ging das Wachs erwärmen, und meine Mutter holte ein abgenutztes altes Laken, um daraus Stoffstreifen zu schneiden.

Ich musste gar nichts mehr sagen, es war herrlich. Beim Anblick meiner Beine war ein starkes Solidaritätsgefühl und grenzenloses Mitleid in ihnen aufgewallt.

Während meine Mutter unter den mitfühlenden, feuchten Augen meiner alten Tante die Stoffstreifen von meinen Beinen riss, schrie und wimmerte ich vor Schmerz. Die Streifen waren jedes Mal schwarz vor Haaren. Aber ebenso schrie ich aus Freude – Freude darüber, ein für alle Mal mit der Rasierstrapaze Schluss zu machen, und Vorfreude darauf, nach diesem Wunderwachs wieder feine, weiche Härchen nachwachsen zu sehen.

Die Sache ließ mir keine Ruhe, ich blieb auf der Suche nach noch nachhaltigeren Methoden. Irgendwo hatte ich von einem Wundermittel gelesen, das der Körperbehaarung den Garaus machte: Androcur. Ein Medikament zur Behandlung androgyner Menschen? Vielleicht war ich das ja, androgyn. Gleichzeitig Mann und Frau oder auch: weder eins noch das andere. So, wie ich gleichzeitig Französin und Iranerin war und im Grunde keines von beiden. Dieses Dazwischen, dieser changierende, wabernde, unentschiedene Zustand machte mich verrückt. Ich war 16 und brauchte eine klare Trennlinie.

Ich beschloss, meinen Hausarzt aufzusuchen, Doktor Philippe Solana.

Doktor Solana hatte immer starken Mundgeruch, aber ich vertraute ihm und war mir sicher, er würde mein haariges Problem lösen können.

Meine Mutter bestand darauf, mich in seine Praxis zu begleiten, dieses Androcurzeug war ihr nicht geheuer.

Als wir in sein Sprechzimmer kamen, schilderte ich ihm mein Problem. Er bat mich, ihm meine Arme und Beine, den Bauch und den Rücken zu zeigen. Auch mein Gesicht besah er sich.

Er stieß einen Seufzer aus – wir hatten sofort seinen schlechten Atem in der Nase – und erklärte: Sie haben kein Behaarungsproblem. Damit meine ich, Sie haben kein hormonelles Problem, das zu einer abnormen Behaarung führt, die man Hirsutismus nennt.

Aber ich bin stark behaart, bei einem Mädchen ist das doch nicht normal, so viele Haare.

Sie sind eben Iranerin, und nebenbei bemerkt hätten Sie nicht Ihr schönes Haar, die schönen Brauen, Ihre langen Wimpern und die hübschen schwarzen Augen, wenn Sie nicht Iranerin wären. Es herrscht in allem ein Gleichgewicht. Ihre Härchen stellen kein Problem dar, und ich kann Ihnen versprechen, mit der Zeit werden sie weniger kräftig und auffällig sein. Wie eine Schwedin werden Sie allerdings nie aussehen, damit müssen Sie sich abfinden.

Er besaß Humor. Aber ich war nicht von meinem

Wunsch abzubringen, ich wollte unbedingt Androcur nehmen.

Sie haben eindeutig keinen Hirsutismus. Und dieses Medikament hat zahlreiche Nebenwirkungen. Ich werde es Ihnen nicht verschreiben.

Nun gut, wenn nicht er, dann würde es mir ein anderer Arzt verschreiben.

Ich bekam einen Termin bei einem seiner Kollegen, der nicht so prinzipienfest war. Er verschrieb mir Androcur zusammen mit einem Östrogen, das mir gleichzeitig als Enthaarungs- und als Verhütungsmittel diente.

Zehn Jahre lang nahm ich diese Medikamente ein, und kein einziges Härchen ließ sich dadurch besiegen. Zehn Jahre lang litt ich unter unerträglichen Spannungsgefühlen in der Brust, unter Blutungen und Regelstörungen, angeschwollenen, schweren Beinen, Hitzewallungen sowie einer kontinuierlichen Gewichtszunahme, und als ich diese völlig unsinnige Einnahme schließlich abbrach, bekam ich eine schwere Akne. Ich glaubte das Triumphgeschrei der Härchen zu hören, die mit all den scheußlichen Papeln, Pusteln, Pickeln, Mitessern und Mikrozysten Händchen hielten und tanzten.

Hier bin ich groß geworden. Ausgehende Kindheit, ganze Jugend, beginnendes Erwachsenenalter.

Ich hänge an dir, ob ich will oder nicht.

Du bist wie eine Mutter, die man liebt, wenngleich man sich ein bisschen für sie schämt.

Diese Vorstadt bewegt sich mit schlurfenden Füßen. Hier herrscht die Langeweile, lässt einem die Lider auf Halbmast sinken und löst ihre Versprechen nie ein. Sie macht vor nichts halt, nicht vor den Kneipen, nicht vor den Parks, auch nicht vor den Einkaufszentren, nicht mal vor den Veranstaltungen, die hier und da zaghaft das kulturelle Leben bereichern.

Deine Ödnis hat mich geprägt. Über fünfzehn Jahre lang habe ich sie Tropfen für Tropfen aufgesaugt. Besonders im Sommer. Dann kam die Hitze dazu und machte sie noch betäubender, lähmender, zäher. Ich verbinde den Glyzinienduft mit dieser Ödnis. Der betörende Geruch lag im Sommer in den Straßen mit den kleinen Einfamilienhäusern.

Die Langeweile führte mich zum Land der lautlosen, einsamen Worte. Ich las. Las viel. Ganze Tage verbrachte ich in der kleinen Bücherei unseres Viertels, unten im Gebäude D der Hochhaussiedlung Gaston Roulaud. Ich hielt Zwiegespräche mit imaginären Freunden, die Kleiner Nick, Momo oder Azouz hießen, dann der große Meaulnes, Gervaise, Fettklößchen, Nana, Rastignac, später Bardamu, Bartleby, Emma Bovary, Ursula Iguarán und Aureliano Babilonia, Antigone, Elektra, Iwan Karamasow. Sie bevölkerten mein Zimmer und meinen Kopf, verhalfen mir zur Flucht, ohne dass ich mich vom Fleck bewegen musste.

Und ich schrieb. Tagebuch, Gedichte, Märchen.

Es drängte mich, von meinem ereignislosen Alltag zu erzählen, gegen die Banalität der Existenz aufzubegehren, eine Doppelgängerin meiner selbst zu erschaffen, die sich nicht unterkriegen lassen würde. Denn ich spürte, wenn ich nicht schnell eine Waffe fand, mit der ich mich dauerhaft wappnen konnte, würde die Wirklichkeit mich am Ende erdrücken. Eines Tages war ich auf einen Satz von Simone de Beauvoir gestoßen: »Ich erbaue mir eine Kraft oder ziehe mich für immer zurück.« Meine Kraft war meine innere Welt, die sich aus Büchern, Träumen, Texten speiste. Ein Spiegel, in dem ich mich ohne Scham betrachten konnte, und wie im Märchen sprach der Spiegel zu mir: Meine Königin, du bist die Schönste und Intelligenteste von allen.

Du zwangst mich, mir ein Gegengift zur Langeweile zu suchen.

Zwangst mich, die Leere zu füllen.

Brachtest mir bei, meine Einsamkeit zu lieben und zu suchen.

Ich schulde dir etwas.

II

Die Benachteiligten

Fabio Lucci auf der Skipiste

Ich mochte meinen Körper nicht und versteckte ihn unter lockeren, weiten, billigen Klamotten. Meine abgetragenen Zopfpullis waren so unförmig wie das Bild, das ich von mir hatte.

Ich war immer schlecht und ärmlich angezogen, für Markensachen fehlte mir das Geld. Meine Kleider kaufte ich im Einkaufszentrum, beim Discounter Fabio Lucci, auf dem Straßenmarkt oder im Secondhandladen. Auf den Fotos aus meiner Jugend bin ich immer angezogen wie ein Junge. Weiter Pulli, Jogginghose, Sneakers von Atemi. Levi's waren viel zu teuer; das einzige Label, das mir zustand, war die Marke Ober. In der Avenue Henri-Barbusse betrieb ein Iraner einen Ober-Laden, in dem ich mir einmal im Jahr eine neue Jeans oder eine Latzhose kaufte. Die musste dann jeweils mindestens ein Jahr halten.

Markennamen waren etwas, was Respekt einflößte. Sie definierten die Grenze zwischen denen, die Geld hatten, und denen, die keins hatten. An meiner Mittelschule, dem Collège Henri-Rouanet, trug Allan jeden Tag Lacoste, Reeboks und Puma-Sachen; Smaïn hatte immer die neuesten Nike Airs an den Füßen; auch die Mädchen paradierten in angesagten Sneakern, den girlyhaften schwarzen High-Top-Reeboks, dazu die schwarze Adidas-Sweathose mit den drei weißen Streifen an der Seite, von der ich insgeheim träumte.

Meine schlimmste Erinnerung stammt aus dem Skilandheim, jenem erwähnten Aufenthalt in den Bergen, bei dem ich mich fortwährend an irgendwelchen Nadelbäumen rieb.

Ich war nie zuvor Ski gefahren. Zu Hause hatte ich zwei Jogginghosen und drei Pullis in meinen Koffer gepackt, dazu eine schon geflickte, nicht besonders dicke Daunenjacke, die ich auf dem Straßenmarkt gekauft hatte, und ein Paar Wollhandschuhe.

Ich sehe wieder das Gesicht meiner Sportlehrerin vor mir, als sie mich am ersten Tag, aufbruchsbereit für die Skipiste, in dieser Montur erblickte. Sie bat mich, ich solle doch schnell meinen Skianzug anziehen gehen. Ich antwortete ihr, ich hätte keinen. Dass ich gar nicht wusste, was das sein sollte, wagte ich nicht zu sagen. Ich sah mir die anderen Schüler an; offenbar trugen sie alle das, was man einen Skianzug nannte – Hose und Oberteil in einem, aus einem warmen, gepolsterten Material in lebhaften Farben, mit einem Gürtel um die Taille und einem Reißverschluss vom Nabel bis zum Hals. Dazu trugen sie dicke Fausthandschuhe, feste Schneestiefel und tolle neonfarbene Sonnenbrillen, die das halbe Gesicht verdeckten, was ihnen ein hochsportliches, kühn-arrogantes Aussehen verlieh. Sie sahen irre gut aus, bereit für den großen Sturm auf Gipfel und Pisten.

Und ich? Ich sah aus, als würde ich wie jeden Freitagmorgen zur Sportstunde im Collège aufbrechen. Inzwischen standen schon sämtliche Schüler vor dem Bus versammelt, der uns ins Skigebiet bringen sollte. Alle sahen mich an. Sie wirkten aufrichtig überrascht, und dass sie nicht wie sonst ins Lästern verfielen, lag daran, dass sie Mitleid empfanden, wie sie mich da so stehen sahen: mit meinen halb im Schnee versunkenen Atemi-Turnschuhen, durch die schon die Feuchtigkeit in meine Socken drang, in meiner fürs Hochgebirge unzulänglichen Steppjacke und meiner Jogginghose, die nach dem ersten Hinfallen völlig durchnässt sein würde.

Diese schlichte Ausrüstung verriet alles über mich, was ich eigentlich hatte verbergen wollen. Sie entblößte mich vor den Blicken der versammelten Schüler und Lehrer. In diesem Moment trug ich keine Kleider – ich stand nackt vor ihnen. Fast war mir danach, meinen Schritt und meine Brüste mit den Händen zu bedecken. Es war obszön.

Noch mehr als meine Armut offenbarte meine dürftige Aufmachung mein Unwissen. Sie bewies nicht nur, dass ich arm war, sondern auch, dass ich noch nie zuvor in den Schnee gefahren war und nicht einmal wusste, dass man dafür eine spezielle Kleidung brauchte. Sie bewies, dass die Idee von Wintersport meiner Familie komplett fremd war, ja, mehr noch: dass wir fremd waren.

Sie wies einmal mehr mit dem Finger auf das

schwarze Schaf, das von woanders herkam. Es hatte sich von seiner Herde entfernt und als Außenseiter auf die verschneiten Pisten des westlichen Sports verirrt.

Ich nahm es meinen Eltern übel, die zu ihrer Verteidigung nur diese frappierend ehrliche Antwort parat hatten: Wir wussten es nicht.

Genau das nahm ich ihnen ja übel: nicht Bescheid zu wissen. Warum wussten sie nicht Bescheid? Warum hatte sich keiner in dieser Familie die Mühe gemacht, sich in Sachen Wintersport zu informieren?

Ein glücklicher Zufall wollte es, dass Smaïn, ein aufmüpfiger Schüler, unserer Lehrerin an diesem Morgen so auf die Nerven gegangen war, dass er zur Strafe nicht mit auf die Piste durfte. Offenbar tat es ihm leid, mich so vor dem Bus stehen zu sehen, denn er kam auf mich zu und meinte, er könnte mir gerne seinen Skianzug leihen.

Ich war überglücklich, beeilte mich, den knallroten Anzug mit den neongelben Seitenstreifen anzuziehen, und sah damit tatsächlich gleich aus wie ein Wintersportprofi. Es ist verrückt, wie so ein Stück Stoff unser Wesen verändert. Dies hier war kein Skianzug, worein ich da schlüpfte, ich schlüpfte in Selbstvertrauen; ich sah aus wie die anderen, war Teil ihrer Gruppe. Gerade wollte ich meine alten Turnschuhe anziehen, als Smaïn mit strahlender Miene vor mir auftauchte und erklärte, die Strafe sei aufgehoben worden und er dürfe jetzt doch wieder Ski fahren. Tut mir leid, aber ich brauch meinen Anzug zurück.

Ich war wie vor den Kopf geschlagen und hätte fast angefangen zu weinen. Aber ich beherrschte mich. Ich nahm wieder meine grüne Jogginghose, meinen rosa Zopfpulli und meine Steppjacke, und mit jedem Stück, das ich anzog, entfernte ich mich weiter von dem Traum, dem ich mich für einen kurzen, flüchtigen Moment hingegeben hatte: so zu sein wie die anderen.

Die Elenden

Ich sah sehr wohl, dass es an meiner Schule Ärmere gab als mich.

Guillaume-mit-den-großen-Zähnen konnte sich nicht einmal Fabio Lucci leisten. Er trug weite Hosen wie ein alter Maghrebiner, aus dickem Polyester und mit offenem Saum, dazu weiße Arbeiterturnschuhe. Auf seinen Hemden, denen immer ein, zwei Knöpfe fehlten, prangten Fett- oder Soßenflecken, die keine Waschmaschine mehr herauskriegte. Er war ziemlich dünn, ziemlich groß, und da seine Hosen ihm nur knapp zu den Knöcheln reichten, konnte man seine alten Socken sehen, deren Gummi so ausgeleiert war, dass sie sich über den Rand seiner löchrigen Schuhe rollten. Wegen seiner Hochwasserhosen an zu langen, dünnen Beinen wurde ihm das Lied von den Muschelsammlern hinterhergesungen. Aber er musste noch schlimmere Demütigungen über sich ergehen lassen. Wir hatten eine Französischlehrerin, die kurz vor der Pensionierung stand, Madame Bouquet. Eine dunkelhaarige kleine Dame mit perfekter Wasserwelle, tadellos sitzendem Kostüm, Brille auf der Nase und einem Tick, bei dem sie komisch mit dem Mund zuckte und die Lippen spitzte, als würde sie i- und ü-Laute andeuten, ohne den Mund zu öffnen. Sie machte das unausgesetzt und besonders, wenn sie verärgert war.

Jede ihrer Französischstunden begann mit dem »methodischen Arbeiten«. Sie rief einen Schüler auf, und derjenige musste aufzählen, was sich auf seinem Tisch befand. Die Abfrage wurde benotet und sollte uns dazu anhalten, immer all unsere Sachen dabeizuhaben. Wir mussten beschreiben, was sich im Mäppchen, vor dem Mäppchen, links und rechts neben unserem Mäppchen befand. Ich bekam jedes Mal 20 Punkte, weil ich *sehr methodisch* arbeitete. Um 20 Punkte zu kriegen, musste man sagen: Ich habe ein Mäppchen, in meinem Mäppchen sehe ich vier Filzstifte in Blau, Schwarz, Grün und Rot mit dazugehöriger Verschlusskappe, außerdem habe ich einen Füller und drei blaue Tintenpatronen, einen Tintenkiller, einen Bleistift, einen Spitzer, einen Radiergummi, einen Klebestift, einen Textmarker, einen Zirkel. Vor meinem Mäppchen sehe ich ein Lineal. Rechts auf meinem Tisch liegen mein Mitteilungsheft und mein Aufgabenheft, links habe ich meinen Ordner und mein Französischbuch. Und zack, hatte man 20 Punkte. Mit dem methodischen Arbeiten konnte man seinen Durchschnitt in Französisch gehörig verbessern.

Aber Guillaume-mit-den-großen-Zähnen, der mit krummem Rücken und Knien, die fast an die Tischplatte stießen, in der letzten Reihe saß, hatte immer eine miserable Note im methodischen Arbeiten. Wenn Madame Bouquets durchdringender strenger Blick auf ihn fiel, prustete bereits die ganze Klasse los. Mit breitem Lächeln, das die Lehrerin milde stimmen und seine Scham überspielen sollte, beschrieb Guillaume, was sich auf seinem Tisch befand. Ich habe einen blauen Stift ohne Kappe und ein halbes Lineal. Stille. Unsere Lehrerin runzelte die Stirn und zuckte heftiger mit dem Mund. Ist das alles, Guillaume? Ja, Madame. Wir anderen lachten uns auf unseren Plätzen schlapp. Seid mal still. Guillaume, was soll das heißen, ein halbes Lineal? Die Hälfte ist abgebrochen, Madame. Wir lachten noch lauter. Ruhig, ihr alle! Guillaume, das sind 2 von 20.

Er zeigte ein schiefes Grinsen, um nicht das Gesicht zu verlieren. Wir anderen lachten über seine Bedürftigkeit. Wir waren von grenzenloser Häme erfüllt, mit unseren hübsch auf dem Tisch arrangierten Utensilien und dieser albernen Note, über die wir uns mit dümmlichem Stolz freuten. Was mich heute am traurigsten macht, ist, dass ich kein einziges Mal aufgestanden bin, um ihm einen Stift, ein Lineal oder ein Blatt Papier zu leihen. Keiner begehrte jemals gegen Madame Bouquet und ihre abwegigen Methoden auf, die all jene stigmatisierten, die nichts hatten.

Er war der Aussätzige, der Sündenbock in der letzten Reihe. Und als könnte die Armut ansteckend sein, kamen wir ihm lieber nicht zu nahe.

Dann gab es Nouria, die in einem noch schäbigeren Haus wohnte als ich. Sie besaß drei große Schäferhunde, und diese Hunde, die auszuführen sich in der Familie keiner die Mühe machte, kackten im Garten und im Haus alles voll.

Wenn Nouria mich nach der Schule zu sich einlud, wagte ich nicht abzulehnen, weil ich sie nicht kränken wollte, aber es kostete mich jedes Mal große Überwindung. Sobald sie das Tor öffnete, kamen die drei Hunde angerannt, sprangen an uns hoch und wedelten mit dem Schwanz. Überall im Garten verteilt lagen ihre dicken Hundehaufen. Selbst im Wohnzimmer, auf dem Teppich, dem Bodenbelag, den Küchenfliesen; es war haarsträubend, aber bei ihr zu Hause fanden es alle normal, sich durch diese Scheißhaufen hin und her zu bewegen. Mich befiel jedes Mal Ekel. Bei mir zu Hause pflegte man vor dem Eintreten zwar die Schuhe auszuziehen, aber für Nouria hätte man eigentlich eine Ausnahme machen müssen, denn wenn sie mich besuchen kam und ihre Schuhe auszog, drang der Geruch von Käsefüßen durchs ganze Haus, und meine Mutter musste die Fenster öffnen. Bei Nouria konzentrierte ich mich darauf, nicht in die Hundehaufen zu treten, ich wagte nicht etwas anzurühren, etwas zu trinken oder zu essen, und wenn ich von ihr aufbrach, fühlte ich mich schmutzig. In ihrem Haus roch es nach alten Socken, nach Pisse und Kacke.

Vor meinem ersten Besuch hatte sie mich gewarnt: Weißt du, wegen unserer Hunde gibt es überall Haufen, aber man gewöhnt sich daran.

Ich konnte mich nie daran gewöhnen.

Nouria und ihre ältere Schwester lebten zu dritt mit ihrer Mutter und schienen über solche Skrupel erhaben. Der faulige, ungesunde Mief schien sie nicht über die Maßen zu stören.

Sabine wohnte wie Guillaume-mit-den-großen-Zähnen in der Hochhaussiedlung Gaston Roulaud. Dort teilten sie sich zu sechst eine kleine Wohnung. Ich sah sie nie anders als mit Nissen und Läusen im Haar. Wegen der Läuse trug sie auch immer einen kurzen Haarschnitt. Ich mochte diese burschikose Seite an ihr. Wir waren Freundinnen und steckten immer zusammen. Zwar grauste es mir davor, ihre Viecher abzukriegen – meine dicke Krausemähne musste selbstredend ein wahres Nistparadies für sie sein, und ich würde Monate brauchen, um sie wieder loszuwerden –, aber das hinderte mich nicht daran, mit Sabine herumzuziehen.

Sabine erzählte oft Lügen. Sie erfand sich ein anderes Leben, um sich für ihr eigenes zu entschädigen, jenes einer Siedlungsgöre aus armen Verhältnissen, mit mäßigen Schulnoten und prekärer Zukunft.

Sie behauptete, ihre Mutter sei Sprechstundenhilfe, dabei war sie Hausfrau. Sie behauptete, ihr Vater leite ein Bauunternehmen, dabei war er Bauarbeiter. Sie behauptete, ihre Großeltern würden in einem schicken Einfamilienhaus in der Nähe unserer Schule wohnen, dabei lebten sie in einer schrammeligen Zweizimmerwohnung einer Sozialsiedlung in Bondy.

Sie behauptete, sie habe einen Freund, der in die Abiklasse gehe und aus wohlhabender Familie stamme, dabei interessierte sich kein einziger Junge für sie.

Der beschissenen Misere des Daseins setzte sie Schönheit, Luxus und Träume entgegen. Doch ihre Läuse und Nissen straften ihre Erzählungen Lügen, und niemand glaubte ihr.

Jedenfalls hatten wir etwas gemeinsam, denn ich log ebenfalls. Ich hatte herumerzählt, ich würde in dem Haus direkt neben unserem wohnen, einem schönen großen Einfamilienhaus mit zwei Stockwerken und einem prächtigen Vorgarten. Ich ließ alle glauben, dass ich dort lebte. Darum konnte ich auch niemanden zu mir einladen. Bei uns zu Hause war es zu eng, zu armselig. Ein mickriges Haus hinter einem verwahrlosten Vorgarten.

Unser Rasen war stets ungemäht, die Tannen, die auf beiden Seiten des Gartens standen, hatten harzverklebte Stämme, unser Gitterzaun war von zähem, dichtem Efeu überwuchert. Die Bodenplatten aus Beton waren uneben und voller Risse. Die dornigen Zweige der drei Rosensträucher verhakelten sich mit den Ilexbüschen. Der Mispelbaum bog sich unter seinem eigenen Gewicht, und man musste erst einen seiner dicken Äste anheben, wenn man das rostige Gartentor öffnen wollte.

Das Erdgeschoss besaß eine Art lang gestrecktes, schmales Wohnzimmer, eine Küche, eine Duschkabine, eine separate Toilette und ein großes Schlafzimmer.

Zwar wohnte ich nicht in einer Sozialsiedlung, aber mir war bewusst, dass dieses Häuschen nicht mit den schönen großen Nachbargebäuden und den Häusern mancher Freunde mithalten konnte, und ich schämte mich deswegen.

Ich log ebenfalls über den Beruf meines Vaters. Ich versuchte ihm eine höhere Position zu verleihen. Zu der Zeit renovierte er Wohnungen, und so hatte ich allen erzählt, er sei Innenarchitekt. Meine Mutter, die eine Ausbildung zur Pflegehelferin gemacht hatte, ernannte ich zur studierten Krankenschwester.

Aus diesem Grund mochte ich Sabine. Ich verstand ihre Lügen nur zu gut.

Eine Cousine von Sabine wohnte ebenfalls in der Hochhaussiedlung: Fanny Boyeau. Die ganze Familie Boyeau jagte mir Angst ein. Fannys Bruder Léon Boyeau war verrückt. Er hatte immer Rotz an der Nase baumeln, trug eine riesige Brille, die ihm Froschaugen machte, und seine Hose hing halb herab, sodass man permanent seine Pofalte sah – allerliebst. Winters wie sommers trug er einen schmuddelgrünen Parka mit kaputtem Reißverschluss und hatte zwischen Hals und Schulter ein kleines Radio klemmen, das in Dauerschleife Nachrichten brachte.

Wem immer er unterwegs begegnete, den fragte er: Hast du vielleicht ’ne Uhr? Hast du vielleicht ein Radio?

Er stellte immer wieder dieselbe Frage und lief

demjenigen so lange hinterher, bis der Betreffende ihm Antwort gab.

Am meisten gruselte mich sein Schädel. Auf der rechten Seite hatte er eine seltsam kahle runde Stelle von etwa zehn Zentimetern Durchmesser, wo seine helle Kopfhaut zum Vorschein kam. Ich erfuhr, dass er unter Trichotillomanie und Trichophagie litt. Diese beiden Zwangsstörungen machten, dass er sich auf der rechten Seite das Haar ausriss und es aufaß.

Fanny Boyeau selbst war groß und dick, hatte langes hellbraunes Haar und blaue Augen. Jedermann begegnete ihr mit Respekt, weil jedermann sie fürchtete. Sabine hatte sie sehr gern, denn sie war ihr Schützling, aber ich ging Fanny so gut es ging aus dem Weg, weil ich spürte, dass sie mich nicht besonders gut leiden mochte.

Im Lauf der achten Klasse hatte ich mich ein wenig von Sabine entfernt. Ich hatte jetzt eine neue beste Freundin, Paola. Sie stammte aus einer italienischen Familie, war sehr hübsch und ähnelte Brenda aus *Beverly Hills*. Durch unsere Freundschaft hatte ich das Gefühl, meinem Hollywood-Traum etwas näher zu rücken. Paola trug Markenkleider, wohnte in einem wunderschönen zweistöckigen Haus mit einem Vor- und einem Hintergarten und spielte Tennis. Ihre mandelförmigen Augen waren grün, ihr dunkelbraunes langes Haar seidenglatt, und sie war eine ausgezeichnete Schülerin. Ihre Freundin zu sein, war für mich wie eine Beförderung, eine Art Aufstieg in eine von mir begehrte und beneidete Welt.

Besonders erfreut war ich, wenn sie mich zum Mittagessen einlud, denn ihre Mutter kochte herrliche italienische Gerichte – hausgemachte Ravioli mit Rindfleischfüllung, Lasagne, frische Pasta mit üppiger Tomatensoße oder selbst gemachtem Pesto, überbackene Auberginen. In ihrer großen Küche duftete es nach Basilikum, Olivenöl und Oregano. Durch Paolas Mutter lernte ich auch Pferdefleisch kennen, eine Delikatesse, ein köstlicher, einzigartiger Geschmack.

Paola hatte ein ganzes Stockwerk nur für sich. Sie besaß ein großes Zimmer, ein eigenes Bad mit Toilette und einen kleinen Balkon, der einen Blick auf einen prächtigen Kirschbaum bot. Es war wie eine separate kleine Etagenwohnung, mit eigener Zugangstür über den Garten. Sie konnte kommen und gehen, wie sie wollte.

Ich beneidete sie um ihr Leben. Alles, was sie hatte, hätte ich auch gerne gehabt. Allerdings bemerkte ich, dass sie sich nicht wohl in ihrer Haut fühlte. Paola fand sich zu dick, mochte ihre Gesichtsform nicht, die sie für zu kantig und zu männlich hielt, hasste ihre Schultern und ihre Knie. Ich habe nie begriffen, woher ihre Komplexe kamen. Sie war kein bisschen dick, und die Jungs in der Schule himmelten sie an. Nur sie selber gefiel sich nicht. Sie brachte sich heimlich zum Erbrechen. Einmal ertappte ich sie dabei auf der Schultoilette, und da erzählte sie mir, dass sie sich mehrmals pro Woche übergebe. Sie verspüre den Drang, alles, was sie zu sich genommen hatte, wieder herauszuwürgen, weil es sie abstoße, so viel gegessen zu haben. Sie fand sich viel zu massiv. Auch knabberte sie an ihren Fingernägeln und der Nagelhaut. Sie versteckte ihre Hände in ihren Pulliärmeln, die sie extra lang zog. Und sie war fast krankhaft schüchtern. Sie blickte einem nie in die Augen, wenn sie mit einem sprach.

Hätte ich ihr Leben, ihr Zimmer, ihr Gesicht, ihren Körper, ja sogar ihre Schultern und Knie besessen, ich hätte freimütig jedem von mir erzählen wollen. Ich hätte all mein Glück und meine Schönheit nach außen getragen, wäre erhobenen Hauptes durch die Straßen spaziert. Allen Widrigkeiten des Lebens wäre ich mit einem breiten Lächeln der Zuversicht, mit Stolz und dem Gefühl der Unbesiegbarkeit begegnet. Doch Paola, die zarte Paola, hielt sich möglichst im Hintergrund, machte sich klein und unscheinbar, versuchte ja nicht aufzufallen.

In meiner Faszination für Paola und ihre Welt hatte ich Sabine etwas vernachlässigt. Hatte Sabine und ihre Läuse, ihre Lügen und diese triste, graue Welt der Banlieue, die keinen Horizont und keine Luft zum Atmen bot, links liegen lassen.

Ich wusste, dass sie es mir übelnahm. Zwar sagte sie kein Wort, aber ich sah es ihrem Blick an, wenn ich ihr auf einem Schulflur oder im Pausenhof begegnete.

Eines Nachmittags ging ich zusammen mit Paola in den Supermarkt G20, der sich gleich neben der Hochhaussiedlung befand, um ein paar Süßigkeiten einzukaufen. Wir waren mit den Rädern hingefahren; meines war ein funkelndes tolles Mountainbike, das ich gerade erst geschenkt bekommen hatte. Als wir aus dem Supermarkt kamen, stießen wir auf die Clique von Fanny Boyeau, auch Sabine war dabei. Als die Mädchen uns erblickten, kamen sie auf uns zu. Fanny schrie: Schaut euch diese dummen Puten an, sind hier mit ihrem nagelneuen Rädchen hergekommen, das Papi und Mami ihnen gekauft haben, weil sie so brav für die Schule gelernt haben. Sie verpasste meinem Fahrrad einen heftigen Tritt, und es fiel scheppernd zu Boden. Ich stand da wie erstarrt. Daraufhin begannen auch die anderen, auf mein Rad einzutreten. Ich bekam keinen Mucks heraus, sah ihnen nur zu. Und plötzlich bekam ich Angst, dass sie sich nach dem Fahrrad auch mir zuwenden könnten, und so rannte ich zu Fuß los, nach Hause. Auch Paola nahm ihr Rad und radelte davon. Ihres hatte keine Tritte abbekommen. Es war unverkennbar, dass die dicke Fanny es auf mich abgesehen hatte.

Zu Hause verzog ich mich nach oben in mein Zimmer. Ich dachte nur noch an mein Mountainbike und in welchem Zustand ich es zurückbekommen würde. Als mein Vater von der Arbeit nach Hause kam, erzählte ich ihm alles. Er wurde fuchsteufelswild. Holte sofort das Auto, damit wir zusammen nach dem Fahrrad und nach Fanny suchten. Mein Mountainbike befand sich noch am selben Ort. Es lag mit demoliertem

Vorder- und Hinterrad, eingerissenem Sattel und verbogenem Lenker vor dem Supermarkt am Boden. Wir hoben das ramponierte Ding hoch und luden es ins Auto. Mein Vater wollte wissen, wo Fanny wohnte. Ich wusste, in der Gaston-Roulaud-Siedlung, hatte aber keine Ahnung, in welchem Gebäude und welchem Stockwerk.

Wir erkundigten uns bei ein paar Jugendlichen, die vor einem Hochhaus der Siedlung herumlungerten, und sie nannten uns den vierten Stock von Gebäude D. Wir fuhren mit dem Aufzug hoch und klopften an die Tür. Eine schwangere Frau, die ein rotzverschmiertes Kleinkind im Arm trug, machte uns auf. Sie hatte ein rötliches Gesicht und fettige lange Haare. Worum geht es? Es geht um Ihre Tochter. Sie hat völlig grundlos das Fahrrad meiner Tochter zerstört. Ah. Welche Tochter meinen Sie denn? Ich sah die Frau an und sagte: Fanny. Ach die, die macht uns ständig Probleme. Im nächsten Moment erschien ein Mann in der Tür, begleitet von einem kleinen Jungen, der neugierig guckte wie ein Kätzchen und ebenfalls wissen wollte, was es da gab. Der große, stämmige Mann hatte ein unrasiertes Kinn, einen enormen Bauch und dicke Wurstfinger. Sein Gesicht war noch röter als das von Fannys Mutter. Er trug ein vergilbtes Achselhemd, dessen ursprüngliches Weiß sich nur noch erahnen ließ. Was ist los? Sein Atem roch nach Alkohol. Wir erklärten wieder den Grund unseres Kommens. Fanny, die ist ja völlig durchgeknallt, die hat mich neulich bei den Bullen angezeigt, stellen Sie sich vor, ihren eigenen Vater, weil ich sie angeblich falsch angefasst habe. Der werd ich 'ne Abreibung verpassen, Monsieur, tut mir leid für den Ärger. Hätten wir Geld, würden wir Ihnen das Rad reparieren lassen, aber wir haben keins.

Es war, als wäre ich in Zolas *Totschläger* oder in Hugos *Elenden* gelandet. Damals verschlang ich gerade die realistischen und naturalistischen Romane des 19. Jahrhunderts, und dies hier vor mir war die lebendig gewordene Lektüre.

Wir kehrten zum Auto zurück. Mir war mulmig zumute. Ich war nicht darauf erpicht, dass dieser abstoßende Vater wegen eines kaputten Fahrrads seine Tochter verprügelte. Sicher lebte es sich nicht besonders lustig in dieser Familie. Zu wievielt sie dort wohl wohnten, mit wie vielen Kindern? Ich bereute jetzt, dass ich meinen Vater in die Sache hineingezogen hatte. Er hatte sich ein bisschen beruhigt, doch als er mein Rad auf der Rückbank sah, wurde er wieder wütend. Schweigend fuhren wir nach Hause. Und auf einmal sah ich Fanny Boyeau seelenruhig durch die Straße gehen. Das ist sie! Das ist Fanny. Mein Vater fuhr mit quietschenden Reifen hoch auf den Bürgersteig, um ihr den Weg abzuschneiden, und trat scharf auf die Bremse. Wie ein Verrückter sprang er aus dem Auto, ließ dabei die Wagentür offen stehen. Jetzt hatte er Fanny in der Zange, und sie war sichtlich erschrocken. Sie blickte in den Wagen, und als sie mich sah, begriff sie. Mein Vater hielt ihr seinen ausgestreckten Zeigefinger dicht vor die Nase. Hör mir mal gut zu. Das nächste Mal, wenn du meine Tochter oder irgendetwas von ihren Sachen anrührst, schneide ich dir mitten auf der Straße die Kehle durch. Verstanden? Wir sind Iraner, mit uns legt man sich besser nicht an. Alles klar?

Fanny versuchte ein halbherziges Grinsen, um sich keine Blöße zu geben, und ein leises »Ja« entwich ihrem verkniffenen Mund.

Ich hatte eine Heidenangst davor, ihr am nächsten Tag in der Schule über den Weg zu laufen. Aber die nächsten drei Tage bekam ich sie nicht zu Gesicht. Am vierten Tag begegnete ich ihr am Ende der Pause im Hof. Sie lächelte mir zu und fragte anschließend sehr höflich, wie viel Uhr es sei. Ich konnte es kaum fassen. Mir war das nicht geheuer. Verfolgte sie einen Racheplan? Ich blieb lieber auf der Hut. In den folgenden Tagen grüßte sie mich mit demselben aufrichtigen und arglosen Lächeln. Nach und nach wurde mir klar, dass sie mir Respekt zollte, so komisch das sein mochte, und dass sie mir nichts mehr tun würde. Und da sie mich respektierte, begannen auch die anderen Mädchen ihrer Clique mich zu respektieren. Doch ihr Respekt hatte einen bitteren Beigeschmack. Ich hätte es lieber gemocht, Fanny hätte mich weiter schikaniert und angegriffen. Es wäre mir lieber gewesen, sie hätte sich an mir gerächt. Ihre Kapitulation machte mich tieftraurig, denn sie gab der Gewalt meines Vaters recht, wohl auch der Gewalt ihres Vaters und der Angst, die ich an jenem Tag in ihren blauen Augen erkannt hatte. Sie war der Beweis, dass das Recht des Stärkeren, das gewaltvolle Recht der Männer, immer gewinnt. Dass Drohungen, Einschüchterungen und Angst den Sieg davontragen. Mich widerte das an.

Kali war ganz das Gegenteil von Fanny. Klein, dünn und dunkel, mit dem braunen Teint einer Gitane und entsprechenden schwarzen Augen. Von ihren langen Fingernägeln mit Trauerrand war die Hälfte abgebrochen. Sie hatte etwas von einem scheuen kleinen Tier. In meiner Vorstellung lebte sie im Wald, inmitten der Tierwelt, und ging mit einem Messer zwischen den Zähnen auf die Jagd, um Wild zu erlegen. Sie strahlte eine Kraft und eine Unabhängigkeit aus, die zu sagen schienen: Ich brauche niemanden.

Ihr pechschwarzes langes Haar war immer zu einem Pferdeschwanz gebunden und erinnerte an das Gefieder eines Raben. Oft war es fettig, ja ölig. Kali trug Jungenklamotten, Sweathose, weites Oberteil, Sneakers. Ihr dünner, aber drahtiger kleiner Körper verschwand unter den Sachen, die von den Marktständen der Singhalesen oder bestimmten Secondhandläden stammten, wo man auf einem Wühltisch Kleidungsstücke zu 5 Franc ergattern konnte.

Sie schmierte ihr Haar mit Kokosöl ein und roch nach einer Mischung aus Schweiß und Kokos. Sie hatte immer ein Fläschchen dabei, und es kam vor, dass sie sich mitten im Unterricht ein paar Tropfen in die Hand gab, nach ihrem Pferdeschwanz griff, ihn energisch einrieb und dann jäh über die Schulter zurückwarf.

Dazu trug sie das Parfüm *Démon* der Marke Eau jeune. Ich benutzte *L'Orientale* von derselben Marke. Wenn wir im Unterricht nebeneinandersaßen, bildete der Geruch von Schweiß und Kokos mit den Pfirsich-, Cassis- und Vanillenoten von *Démon* und dem holzig-würzigen Duft von *L'Orientale* ein wildes Gemenge, und ich war während der ganzen Stunde wie benommen im Kopf.

Wie Fanny hatte auch Kali so ein wütend-aggressives Funkeln in den Augen. Und auch sie griff mich eines Tages an.

Die letzte Unterrichtsstunde war gerade vorbei, und als ich das Schulgebäude verließ, erhaschte ich ein Gespräch zwischen Kali und ihren Freundinnen über einen Jungen, in den sie verschossen war. Ich war überrascht, Kali so reden zu hören, denn sie machte sonst nicht den Eindruck, sich für Jungs zu interessieren. Neugierig näherte ich mich dem langsam gehenden Grüppchen. Kali errötete bei der Erwähnung des Jungen und lachte nervös, ihr ganzes Gesicht war verändert, weicher und fast hübsch geworden. Ihre Freundinnen, kräftige Mädchen mit taffem Blick, waren über Kalis Worte erheitert, und ihr Ausdruck erschien mir plötzlich so menschlich und nahbar, dass ich mich ihnen verbunden fühlte. Ich bekam Lust herumzuflachsen und rief laut: Na los, sag ihm, dass du in ihn verknallt bist, und küss ihn!

Es lässt sich kaum noch sagen, was dann passierte. Ich weiß nur, dass ich einen heftigen Schmerz auf der Backe verspürte, dann am Übergang zum Hals und noch einmal auf der Stirn. In der nächsten Sekunde packte eine Hand mein Haar und zog mich daran zurück, sodass ich auf den Boden fiel, mit brennendem Gesicht.

Ich öffnete die Augen und sah über mir Kali, die mich mit zornesroten Augen anstarrte. So redest du nicht noch mal mit mir, sonst reiß ich dir den Kopf ab. Ihre Freundinnen entfernten sich lachend, eine von ihnen gab meinem Rucksack noch einen heftigen Tritt.

Meine Freundin Nouria half mir hoch. Verdammt, die hat dich gekratzt wie eine Katze, oder besser gesagt wie ein Tiger. Ich blickte in den Seitenspiegel eines Autos und sah, dass sich drei tiefe, leicht blutende Schrammen über mein Gesicht zogen.

Ich war völlig verunstaltet. Sollte ich so nach Hause gehen? Allerdings wusste ich nicht, wohin sonst. Nouria bot mir an, mit zu ihr zu kommen. Aber was sollte das bringen? Früher oder später musste ich ja doch nach Hause. In Wahrheit fühlte ich mich in diesem Moment auch nicht imstande, zwischen Nourias verrückten schwanzwedelnden Hunden zu sitzen und deren überall verteilte Scheiße zu riechen.

Ich hob den Ast des Mispelbaums an, um unser Tor zu öffnen. Mein Vater und meine Mutter saßen gerade im Garten, mein Bruder kickte mit dem Ball herum. Als mein Vater mich erblickte, stand er sofort auf. Wer hat das getan? Ich sagte nichts. Ich wollte nicht noch mal dieselbe Geschichte erleben wie mit Fanny Boyeau. Wer war das? Halb so wild, ich hab mich geschlagen. Aber wer hat dich so zugerichtet? Ein Mädchen? Ein Junge? Ein Mädchen, antwortete ich, ich habe was gesagt, was ihr nicht gefiel, und so ist es eben passiert. Hast du sie auch geschlagen? Dazu bin ich nicht gekommen. Los, ab ins Auto, wir fahren zu ihr. Nein, ich möchte nicht wieder so etwas erleben wie mit den Boyeaus. Aber dieses Mädchen respektiert dich jetzt, komm, steig ein.

Ich wusste, wo Kali wohnte. In einem ähnlichen kleinen Haus wie unserem, heruntergekommen, mit allerlei Gerümpel im Garten, nur dass bei ihr immer viele Leute waren, die laut herumschrien.

Mein Vater fuhr mit einem Affenzahn zu ihrer Straße, wobei er auf Persisch vor sich hinmurmelte: Guckt euch dieses Gesicht an, das Gesicht meiner Tochter, dieses Mädchen ist doch verrückt. Wie heißt diese Verrückte? Kali.

Wir klingelten unten an der Tür, und auf einem kleinen Balkon mit kaputtem, verrostetem Geländer erschien ein junger Mann, wohl ihr älterer Bruder. Was willst du? Mein Vater nahm mein Gesicht in die Hände und drehte meinen Kopf so, dass der andere es sehen konnte. Das hier hat Kali meiner Tochter angetan, komm mal runter, damit wir uns kurz unterhalten, wer bist du? Ihr Bruder?

Eine Frau mit Zigarette im Mundwinkel erschien auf dem Balkon. Sie hatte Augen wie Kohlestückchen in einem ausgemergelten, harschen Gesicht. Das war Kalis Mutter.

Mit einer rauen, brüchigen Stimme, die aus den Untiefen der Hölle zu kommen schien, schrie sie uns die wüstesten Beschimpfungen zu. Sie hatte einen starken slawischen Akzent. Verzieht euch von hier, verpiss dich mit deiner Tochter, du Hurensohn, hau bloß ab, sonst jag ich dir meine Söhne auf den Hals.

Und ihr Sohn fügte hinzu: Hau ab, du Arschloch, hast du nicht gehört, was tust du hier noch?

Mein Vater gab keinen Laut von sich. Er nahm meine Hand, bugsierte mich ins Auto und brauste los. Weißt du, um solche Leute muss man einen Bogen machen, so sieht's aus, man macht einen größtmöglichen Bogen um sie. Halte dich ab jetzt von dieser Kali fern.

Sabil war ein anderer Schrecken der Schule. Er wohnte ebenfalls in der Siedlung. Sabil-la-Terreur war klein, böse und unglaublich dick. Eine fiese kleine Fettkugel. Er verhöhnte alle mit seinen vulgären und ätzenden Bemerkungen, stichelte dort, wo es am meisten wehtat, bis der- oder diejenige in Tränen ausbrach. Seine Giftpfeile trafen einen ins Mark, an den verletzlichsten Punkten. Sie hinterließen unverheilte

Wunden und bleibende Narben. Es waren nicht einfach nur Stiche, es waren unter die Haut gehende Injektionen, die noch Jahre später ihre giftige Wirkung entfalteten. Er konnte einen mit einem Satz, einem Wort zerbrechen und dann seiner Wege gehen.

Ich mied ihn wie die Pest. Mit meiner unzähmbaren Zauselmähne, meinen Körperhärchen, meinem Oberlippenflaum, meiner Monobraue und meinen Fabio-Lucci-Klamotten war ich die ideale Beute für ihn. Sobald ich nur seine Stimme in einem Schulflur, im Bus, an einer Straßenecke oder vor einem Siedlungsgebäude hörte, wechselte ich sofort die Richtung.

Eines Tages ging ein Mädchen aus unserem Collège, das wegen eines Geburtsfehlers hinkte, an ihm vorüber, und Sabil-la-Terreur rief hinter ihr her: He, wisst ihr, warum sie humpelt? Weil sie sich die Muschi gestoßen hat! Und ich bin sicher, das Luder hat's genossen.

Alle lachten, nicht etwa, weil es witzig war, sondern weil keiner die nächste Zielscheibe sein wollte.

Mir tat das Mädchen leid. Natürlich sagte sie nichts. Sie hinkte weiter bis zum Ausgang und verschwand aus unserem Blickfeld.

Sabil war es auch, dem ich den Spitznamen Barre de Shit verdankte, den er jedes Mal genüsslich skandierte, sobald er mich sah.

Eines Tages erblickte ich Sabil in einer Wohnstraße in der Nähe unserer Schule. Er saß allein auf der Bordsteinkante, zwischen seinen gespreizten Beinen leere Kekspackungen, Chipstüten, Schokoladenpapier, Softdrinkdosen. Er bemerkte mich nicht und stopfte, ohne aufzublicken, das ganze ungesunde Zeug mit vollen Händen in sich hinein.

Ich wagte mich keinen Schritt weiter, aus Furcht, er könnte mich dabei ertappen, wie ich ihn beobachtete, aber von dort, wo ich stand, sah ich ihm noch eine ganze Weile zu.

Es war kein schöner Anblick. Ich fragte mich, ob er, so wie Paola, hinterher alles wieder erbrechen würde.

An seinem Pulli hingen Chips- und Kekskrümel, sein Mund war schokoladenverschmiert. Er sah aus wie ein pummeliges, gieriges Baby, das sich eine Fettschicht anfraß, um sich vor der Welt zu schützen.

Es war das einzige Mal, dass ich Mitleid mit ihm empfand. In diesem großen Gewaber aus Fett und Grausamkeit streckten Not und Elend hilfesuchend ihre Hände aus.

Tagtäglich überquere ich die Bahnhofsbrücke von Drancy, um mit dem RER nach Paris zu fahren.

Es ist eine mächtige Brücke, massiv, klobig, hässlich. Dunkelgraues Stahlbetonfachwerk, das aus einer Reihe von riesigen X besteht, die einander die Hände reichen.

In der Mitte eines jeden X ist ein großer Blumenkübel befestigt. In dem Kübel – nichts. Eine fortlaufende Reihe leerer Blumenkübel, an jedem X der Brücke einer. Ich habe sie gezählt: insgesamt 40 große X, 40 leere Blumenkübel.

An einem späten Nachmittag im September, als ich gerade über die Brücke ging, drang die Sonne durch den Regen, und ein herrlicher Regenbogen kam zum Vorschein. Es war das erste Mal, dass ich einen so kompletten Regenbogen sah. Vorher hatte ich mich immer gefragt, wo so ein Bogen begann und endete, hier war es deutlich zu sehen, er wölbte sich von der einen Bahnhofsseite zur anderen, direkt über die Schienenlandschaft, über die Grasbüschel und Sträucher zwischen den Gleisen, auf denen die Regionalzüge, die RERs und die Güterzüge passierten.

Ich blieb stehen, um ihn zu betrachten. In meiner Fantasie kam ein Einhorn über die Gleise gelaufen.

Ein Einhorn, das die Krümmung des Regenbogens hinauflief und mich in eine unschuldige, reine, freudvolle Welt mitnahm.

Ich warf meine Zigarette von der Brücke. Sie landete auf einem Gitter darunter, das man vermutlich angebracht hatte, um den Sprung von Lebensmüden aufzuhalten.

Ich sah, wie der Rauch meiner Zigarette in Arabesken zum Himmel aufstieg und sich dort verflüchtigte.

Ganz allmählich verblasste der Regenbogen, löste sich auf. Das Einhorn trabte davon, und zurück blieb ein schmutziger Nieselregen, der mir lästig ins Gesicht fiel.

III

Herkunft

Sommer, See und Sonnenschein

Ich hasste das Wort: Ferien. Diese Phase im Jahr: die großen Ferien. Diese ganze allgemeine Ferienobsession.

Wir fuhren nicht in die Ferien. Als Bauarbeiter hatte mein Vater den Sommer über zu tun, weil das die Zeit war, in der die Leute ihre Küche renovierten, die Wohnung streichen ließen oder die Badfliesen erneuerten.

Und meine Mutter kam gar nicht auf die Idee, allein mit uns zwei Kindern zu verreisen. Der Gedanke wäre ihr völlig absurd erschienen.

Ich fuhr also nicht in die Ferien. Nichts zu machen. War eben so. Ich blieb die beiden Sommermonate in Drancy. In einem verlassenen, ausgestorbenen Drancy, wo selbst auf dem vormittäglichen Sonntagsmarkt eine traurige Stille herrschte. Die meisten Händler hatten ihre Buden geschlossen. Es hatte etwas von einer Quarantäne. Einfach nur trist.

In dieser leeren Stadt blieben als Einzige die, für die Urlaub ein unerschwinglicher Luxus bedeutete.

Ich erinnere mich gut an diese langen Tage, in denen ich Stunde um Stunde totzuschlagen versuchte. Tagsüber lag ich lesend auf dem Bett, hörte nonstop die Songs *Misery* und *Temptation* von Indra auf meinem

Walkman, radelte allein durch die leeren Straßen, die an den heißen Nachmittagen eine drückende Siesta-Schläfrigkeit ausstrahlten. Nachts hörte ich Radio, weil es zum Einschlafen viel zu warm war. In der nächtlichen Schwüle träumte ich mit schweren Augenlidern vor mich hin, von einem anderen Leben, einem Leben voller Reisen, unendlicher Erholungsferien, von Blumenkleidern und Strandpareos, von gebräunter Haut, die die Zähne weiß strahlen ließ, von feinem Sand, der einem nach der Rückkehr aus dem Gepäck entgegenrieselte.

Und immer wieder die Langeweile, die die Tages- und Nachtstunden bestimmte. Gleich zu Ferienbeginn lugte die Langeweile um die Ecke, winkte mir zu und blickte drein wie die Unausweichlichkeit. In diesen einsamen Stunden wurde sie mir nach und nach zur einzigen Freundin, treu, anhänglich und lästig wie eine Klette; man will sie abschütteln, doch sie folgt einem ständig nach, rückt einem aufdringlich auf die Pelle.

Ich weiß noch, dass meine Freunde mir immer wieder dieselbe Frage stellten: Wo fährst du in den Ferien hin? Ich fahre nirgends hin. Warum nicht? Ich weiß nicht. Wir kennen keinen Urlaubsort, außerdem muss mein Vater im Sommer arbeiten. Heißt das, du bleibst beide Monate hier? Ja.

Es machte mich wahnsinnig. Ich fand es furchtbar ungerecht, dass wir nicht verreisten. Alle in Frankreich fuhren in die Ferien, selbst die, die wenig Geld hatten. Etliche Freundinnen von mir, die in Sozialwohnungen lebten, verbrachten die Ferien im Heimatland ihrer Eltern. Es war keine Frage des Geldes, es ging um etwas anderes.

Anfangs versuchte ich mir einzureden, es handele sich um etwas Kulturelles. Meine Eltern waren im Iran nie in Urlaub gefahren. Das Konzept Urlaub ist dort weniger verbreitet als in Frankreich. Nur wenige iranische Familien sind so vermögend, dass sie ein Ferienhaus am Kaspischen Meer besitzen und im Sommer verreisen. Mehr noch als in Frankreich ist Urlaub im Iran eine Frage der sozialen Klasse.

Aber auf Dauer konnte mich das nicht zufriedenstellen. Warum fuhren dann meine Freunde, die wie ich in zwei Kulturen aufgewachsen waren, in Urlaub, meist ins Land ihrer Herkunft? Sie konnten die alte Heimat besuchen, ihre dort verbliebenen Verwandten sehen; wir konnten das nicht, weil wir Flüchtlinge waren. Und was war mit den anderen bikulturellen Familien, die nach Südfrankreich fuhren? Deren Eltern ebenfalls im Ausland und deren Kinder in Frankreich geboren waren? In ihrem Leben und ihren Gewohnheiten war die französische Kultur stärker verankert. Sie schienen besser »integriert« zu sein. Und was mich so frustrierte und wütend machte, war genau dies: Wir waren nicht integriert. Trotz all meiner angestrengten Bemühungen waren wir nicht integriert.

Es war der gespenstische Schatten des Exils, des Fremden, des Kanaken, der mich nicht verreisen ließ.

Wir waren nicht wie sie und würden es wahrscheinlich nie sein. Das machte mich völlig verrückt.

Ich war es so leid, anders zu sein. Seit unserer Ankunft in Frankreich taten wir nichts genauso wie die anderen. Konnten wir nicht einfach mit der Masse verschmelzen, es allen nachmachen, uns wie echte Franzosen verhalten? Konnten wir nicht ein Reiseziel auswählen, die Koffer ins Auto packen und auf einem Campingplatz am Meer ein Zelt aufschlagen, uns auf ein Handtuch legen, baden gehen, ein bisschen Geld ausgeben und dann wieder heimfahren? Nein, unsere Andersartigkeit musste unbedingt zutage treten und ihren schmutzigen Gestank entfalten.

Und dabei kostete es so viel Energie, sie zu verteidigen und zu rechtfertigen, ihr Bedeutung und Wert zu verleihen, es kostete so viel Energie, alles, was ich als Makel empfand, in einem guten Licht erscheinen zu lassen.

Dann fuhren wir eines Tages doch. Es war der Juli 1994.

Als kleine Stalinistin der französischen Integration war es mir gelungen, meiner Familie mein Ferienkonzept aufzuzwingen.

Wir machten Urlaub, und zwar von nun an regelmäßiger. Schließlich fanden wir sogar einen Ort, der zu unserem angestammten Urlaubsort wurde, den wiederholt und treu aufzusuchen uns ein Gefühl von Geborgenheit vermittelte. Die beruhigende Seite der

Gewohnheit. Dieser Ort war der Campingplatz Aux Étangs d'Attin.

Les Étangs d'Attin ist ein Teichgebiet, gelegen zwischen Le Touquet und Berck-sur-Mer im Pas-de-Calais, hoch im Norden Frankreichs.

Durch welche wundersame Eingebung meine Eltern ausgerechnet auf diesen Ort verfielen, ist mir bis heute ein Rätsel. Womöglich hatten es ihnen die kleinen Ferienhütten angetan, eine Art Holzhäuschen, die man wochenweise mietete. Oder die berühmten Teiche, in denen man angeln konnte. Es gab dort drei, vier größere, die von Trauerweiden umstanden waren, und wenn man Glück hatte, erhaschte man einen Blick auf ein paar Enten. Die Teiche waren von Feuchtgebieten umgeben, in die mein Bruder spaßeshalber die Fußspitze tauchte, um unsere Eltern zu erschrecken. Er kam sich wohl vor wie in der Szene von *Indiana Jones*, wo die Hauptdarsteller im Treibsand versinken. An diesem Ort gab es buchstäblich nichts zu tun. Um uns die Zeit zu vertreiben, spielten mein Bruder und ich Tetris in unserem nach feuchtem Holz riechenden Häuschen. Manchmal schlappten wir in die Cafeteria des Campingplatzes, wo ein Flipper und ein alter Kicker standen. Wir spielten ein paar träge Runden, süffelten Limonade durch einen Strohhalm und lauschten dem fortlaufend aus dem Radio tönenden Kanal Chérie FM, während unsere Eltern auf der kleinen Holzterrasse vor dem Häuschen saßen, Zigaretten rauchten und Tee tranken.

Letztlich war das Fischen im Teich das Aufregendste, was passierte.

Ich erinnere mich, wie mein Bruder und ich eine kleine Forelle zurück ins Wasser lassen wollten, die wir, von Reue und Schuldgefühlen gepackt, nicht zu töten fertigbrachten. Wir versuchten verzweifelt, den Angelhaken herauszuziehen, und bekamen dabei ganz blutige Finger. Es war ein einziges Gemetzel.

Schließlich konnten wir den Fisch von dem Haken befreien und ihm, wenn auch mit verstümmeltem Kiefer, die Freiheit zurückschenken.

Im Gebiet der Étangs d'Attin herrschte eine hohe Luftfeuchtigkeit, und unsere Schuhe waren immer schlammverschmiert. An drei von fünf Tagen regnete es.

Hier würden wir künftig unsere Sommerferien verbringen.

Agha Joon

Mein Großvater – wir nannten ihn auf Persisch *Agha Joon*, »liebster Meister« – war ein sehr lustiger Mann. Von Juli bis September kam er zusammen mit meiner Großmutter und meiner Tante nach Frankreich. Er liebte Bier. Im Iran war Bier verboten, und Frankreich war für ihn das Land, wo er so viel davon trinken konnte, wie er wollte, wenngleich sich mit jedem Schluck sein Asthma verschlimmerte. Nach einer Flasche lief er tomatenrot an, schnaufte wie eine Dampfmaschine und hustete, dass es ihn nur so schüttelte, und dazu zeigte er ein albernes Grinsen. Eine 33cl-Flasche 1664, und er war völlig betrunken. Dann fing er an zu tanzen und imitierte eine Frau mit großem Busen, hob seine unsichtbaren Titten an und schlenkerte sie hinter sich. Ich schaute ihm fasziniert zu. Meine besorgte Mutter flehte ihn an aufzuhören, und sehr oft endete seine Varietéeinlage auf dem Bett, wo er sich eine Hand auf die Brust presste, mit der anderen dicke Sprühstöße von Ventolin an seinen Mund führte und mit geschlossenen Augen unverständliche Beschwörungen murmelte. Mein Bruder fand, er hätte etwas von einem gestrandeten Wal.

Manchmal verschwand Agha Joon für viele Stunden. Er nahm seine Einkaufstasche und sagte, er wäre mal weg. Wir wussten nie, wohin er ging. Er zog los und strich den ganzen Tag durch Drancy. Seine Streifzüge führten ihn bis nach La Courneuve oder Bobigny. Mit Einbruch der Dunkelheit kam er zurück, in der Einkaufstasche ein einzelnes Baguette, und blieb dann den Rest des Abends schweigsam und nachdenklich.

Einmal sah ich ihn an der Straßenbahnhaltestelle Escadrille-Normandie-Niémen in Bobigny, an der großen Kreuzung der sechs Straßen. Er war schon früh am Vormittag aufgebrochen, und es dämmerte gerade. Ich war auf dem Weg nach Paris, wo ich mich mit Freunden verabredet hatte, als ich ihn auf der Bank der Haltestelle sitzen sah. Er saß still da und beobachtete die Straßenbahnen. Ich ging zu ihm und fragte ihn, was er da mache. Er antwortete: Mir gefällt es, hier zu sitzen und den Leuten beim Ein- und Aussteigen zuzusehen.

In seiner Hand hielt er ein paar gebrauchte Fahrkarten, die er vom Boden aufgelesen hatte. Aber Agha Joon, du kannst doch nicht einfach hier sitzen! Warum kann ich das nicht? Es ist der einzige Ort, wo ein bisschen was los ist. Sonst sieht man ja niemand in den Straßen. Mir gefiel es besser, als ihr in Paris gewohnt habt, da war draußen immer Leben.

Ich stieg in die Straßenbahn, die mich zur Metrostation bringen sollte, und sah ihn im Wegfahren durch die Scheibe immer noch auf seiner Bank sitzen, mit seinen Schultern eines iranischen Ringers, seinem Bart und seinem schneeweißen Haar.

Er hatte auch komische Marotten. Zum Beispiel versteckte er bei uns die Seifenstücke. Er behauptete, er würde sie rationieren. Er wollte auch immer den Abwasch machen, konnte es nicht ertragen, wenn wir es taten, weil wir seiner Meinung nach zu viel Spülmittel und Heißwasser verbrauchten. Er krempelte sich die Ärmel hoch und drängte alle beiseite. Die Teller waren immer schlecht gespült und bewahrten einen leichten Fischgeruch.

Er selbst wusch sich praktisch nicht, man musste darauf drängen und mit ihm streiten, um ihn zum Duschen zu bewegen.

Dabei hatte seine Mutter, eine Kurdin, jahrelang in einem Teheraner Hamam gearbeitet, wo sie die Kundinnen einseifte, abschrubbte und ihnen den Rücken massierte. Ihr eigener Rücken, ihre Hände und ihre Finger waren ganz krumm geworden von dem Rheuma und der Arthrose, die die Feuchtigkeit des Hamams bei ihr ausgelöst hatte.

Er sprach kein Wort Französisch, verbrachte jedoch Stunden auf dem Markt von Bobigny – in seiner Aussprache *Mobigny* –, den er zur Unterscheidung von dem in Drancy, der etwas teurer und schicker war, den Bettlerbasar nannte.

Obwohl er die französischen Ziffern nicht lesen konnte, schacherte er um den Preis. Er hatte keine

Lust, ein paar Brocken Französisch zu lernen, meinte, dazu sei er zu faul. Er deutete auf sein Hörgerät und seinen Mund, um den Anschein zu erwecken, er sei taubstumm, und setzte dazu eine traurige, kummervolle Miene auf. So versuchte er Mitleid zu erregen und vor allem, die begehrte Ware zu dem Preis zu bekommen, den er sich in den Kopf gesetzt hatte.

Er zeigte seine Finger, um den Preis zu kommunizieren. Ein Finger = 1 Franc, ein halber Finger = 50 Centimes, zweieinhalb Finger = 2,50 Franc. Er feilschte bei jedem Produkt und ließ sich nicht davon abbringen, dass man mit System einkaufen müsse. Wegen seines beharrlichen und leidenschaftlichen Gefeilsches konnte das Stunden beanspruchen.

Am liebsten ging er Brot einkaufen, und das waren auch die einzigen Wörter, die er gelernt hatte: ein Baguette. Bei der Gelegenheit schäkerte er mit den Bäckereiverkäuferinnen, die ihn ins Herz geschlossen hatten.

In seiner Landkarte von Drancy gab es im Wesentlichen zwei Bäckereien: die Boulangerie der Schönen und die Boulangerie der Bösen.

Die Boulangerie der Schönen befand sich in der Gaston-Roulaud-Siedlung. Drei dralle blonde Schwestern arbeiteten dort, die immer freundlich waren und lächelten. Die Bäckerei der Bösen befand sich in der Paul-Éluard-Siedlung, gleich vor der großen Kreuzung. Dort stand eine magere ältere Brünette an der Kasse, die immer streng und missmutig dreinblickte und für meinen Großvater und sein undurchschaubares Gebaren kein Verständnis zeigte.

Agha Joon spintisierte gern über ein Leben hier in Frankreich, wo er eine blonde französische Bäckerin hätte, mit der er zusammen Bier trinken konnte. Meine Großmutter lachte dann nur und erwiderte, die arme Frau würde es keine Woche lang mit ihm aushalten.

Eine andere Marotte von ihm war, dass er jedes Kind, das ihm über den Weg lief, anquatschte. Er strich ihm übers Haar, tätschelte seine Wangen, sein Kinn. Wenn er ein Bonbon in der Tasche hatte, reichte er es ihm mit einem breiten Lächeln, das seine schlechten Zähne offenbarte.

Wenn er meinen Bruder von der Roger-Salengro-Grundschule abholen ging, kam er gar nicht hinterher. Das Schulportal öffnete sich, und plötzlich strömten Hunderte von Kindern in alle Richtungen; er versuchte, mit ihnen zu spielen, sie einzufangen, verteilte Dutzende von Bonbons. Es hatte etwas von einem kopflosen Bären inmitten eines Bienenschwarms. Mein Bruder blickte peinlich berührt zu Boden und tat, als würde er ihn nicht sehen, denn so verhielt sich sonst kein Erwachsener. Ich hatte es genauso peinlich empfunden, als mein Großvater mich, damals noch in Paris, von der Grundschule abgeholt hatte. Er sprach die Kinder auf Persisch an, lachte schallend, kitzelte sie, zwickte ihnen in die Backe, und ich wäre vor Scham am liebsten im Erdboden versunken.

Agha Joon besaß eine Art von Verrücktheit, um die ich ihn beneidete. Als meine Mutter sich eines Nachmittags im Garten ihren weißen Haaransatz nachfärbte, kreuzte er zum Beispiel plötzlich auf, schnappte sich das Schälchen mit der dunkelbraunen Farbe und schmierte sie mit bloßen Händen in sein Haar, seinen Bart und seine weißen Augenbrauen. Meine Mutter und meine Großmutter schrien auf ihn ein, er aber lachte sich ins Fäustchen wie ein Kind. Eine Stunde später sah er aus wie ein Ungetüm, halb Bär, halb Zebra. Da er die Farbe nicht gleichmäßig verteilt hatte, waren manche Strähnen fast schwarz, die anderen strahlend weiß. Seine dunkel gewordenen struppigen Brauen waren furchterregend wie die eines russischen Räubers, der dem Zuchthaus entflohen war.

Meine Großmutter nannte ihn »Lulu« – so nennen die Kinder im Iran einen unheimlichen Riesen.

Die Dicke Bertha

In einem Sommer kam uns mein Onkel besuchen, der in Deutschland lebte und mit einer deutschen Frau verheiratet war. Ich nannte sie heimlich die Dicke Bertha.

Mein Onkel war mit 22 aus dem Iran geflohen und zum Studieren nach Deutschland gegangen. Er hatte sein Studium mit Auszeichnung abgeschlossen, war leitender Ingenieur in einem großen deutschen Unternehmen und hatte seine Frau in Köln kennengelernt. Sie war zehn Jahre älter als er und verhielt sich ihm gegenüber wie eine besitzergreifende Mutter. Er ließ sie freundlich und duldsam gewähren, schien in ihren Armen eine Art betäubenden Trost zu finden, der die Trennung und Entfernung von seiner eigenen Mutter erträglicher machte. Aber mir war dieser Trost suspekt, weil ich deutlich spürte, dass mein Onkel unter ihrer Fuchtel litt. Sie wollte alles unter ihrer Kontrolle haben. Manchmal bekam er Wutanfälle wie ein trotziger Jugendlicher vor seiner autoritären Mutter, dann gerieten die beiden in Streit.

Sie war stark übergewichtig, hatte seidiges blondes langes Haar und große aufgerissene Kulleraugen, die von so hellem Blau waren, dass sie fast durchscheinend wirkten. Ich fürchtete mich vor ihr, denn sie war sehr launisch. Den einen Morgen stand sie auf und schien niemanden mehr zu kennen, gab den ganzen Tag keinen Laut von sich und runzelte fortwährend die Stirn. Am nächsten Tag war sie plötzlich heiter, leutselig, zum Plaudern aufgelegt. Man hörte sie dröhnend lachen, wie ein Lastwagen, der über eine Landstraße rumpelt. Es war völlig unwägbar. Wir lebten in permanenter Furcht, da wir nie wussten, mit welcher Stimmung sie uns als Nächstes überraschen würde.

Wir gaben uns redliche Mühe, ihr Wohlwollen zu gewinnen. Wir legten uns ins Zeug, um vor ihren furchteinflößenden großen Augen zu bestehen. Wenn sie bei uns war, nahm sie das ganze Haus in Beschlag. Überall lagen ihre Sachen herum, jedes Zimmer schien ihr zu gehören. Eines Tages hielt meine Mutter es nicht mehr aus und machte eine entsprechende Bemerkung. Eine schlichte, höfliche, sehr vorsichtig formulierte Bemerkung. Sie bat sie freundlich darum, ihre Sachen in dem ihr zur Verfügung gestellten Zimmer zu belassen, da Wohnzimmer und Küche gemeinschaftlich genutzte Räume seien. Das war zu viel für die Dicke Bertha. Sie presste die Lippen zusammen, ihr Blick verhärtete sich, und ihr blasses Gesicht drückte Wut und Kränkung aus. Mit fahrigen, aggressiven Bewegungen sammelte sie alles ein und sprach dann bis zu ihrer Abreise kein Wort mehr.

Sie konnte bestimmte iranische Speisen nicht leiden. Das tat sie deutlich kund. Sie kam in die Küche, begann zu schnüffeln und erklärte mit angewiderter Miene, dass das nicht gut rieche und sie etwas anderes essen werde. Sie vertrage keine gebratenen Zwiebeln. Nun sind aber gebratene Zwiebeln eine Grundlage der iranischen Küche, eine unentbehrliche Zutat. Meine Mutter bereitete also zwei verschiedene Soßen zu, eine für uns, mit gebratenen Zwiebeln, und eine für sie, ohne Zwiebeln. Die Dicke Bertha fand es selbstverständlich, dass man das für sie tat. Es stand ihr zu. Mich machte dieses erniedrigende, demütigende Schauspiel wütend. Vor meinen Augen tauchten die Millionen Iraner auf, die sich durch die Jahrhunderte den Griechen, den Arabern, den Mongolen, den Türken, den Engländern, den Russen und sonstigen Unterdrückern unterworfen hatten.

Was hieß das, ihr Wohlwollen zu gewinnen? Und warum bemühten wir uns so sehr darum? Warum bemühte nicht sie sich um unser Wohlwollen? Das wäre doch nur logisch gewesen, oder nicht? Wir waren eine Familie, wir waren in der Überzahl, wir teilten dieselbe Kultur, dieselbe Sprache, dieselbe Küche, sie hingegen war die Ausländerin, die uns besuchte – und trotzdem mussten wir ihr Wohlwollen gewinnen?

Iranische Gastfreundschaft, dass ich nicht lache! In Wahrheit ist es Katzbuckeln vor einem Fremden, der uns beleidigt, auf uns herabschaut und uns als seine Bediensteten betrachtet.

Mein Großvater überschlug sich geradezu, um sich vor der Dicken Bertha als zivilisiertes Wesen zu erweisen. Aber sie mochte ihn nicht. Fand ihn primitiv, unkultiviert und schmutzig.

Er saß mit geradem Rücken am Tisch; er, der am liebsten mit den Händen aß, zwang sich, Messer und Gabel zu benutzen. Er ahmte die feinen Manieren der Europäer nach, faltete seine Serviette auseinander und legte sie auf seinen Schoß. Er redete nicht beim Kauen, stützte seine Ellbogen nicht auf den Tisch. Doch früher oder später bewirkten der Druck, unter den er sich setzte, und die übersteigerte Aufmerksamkeit für jede seiner Gesten, dass sein Körper diese Kontrolle unbewusst abzuschütteln versuchte, die ihm unnatürlich war. Seine Gabel fiel zu Boden, er bückte sich, um sie aufzuheben, und stieß mit dem Kopf gegen den Tisch; mit der Gabel in der Hand richtete er sich auf, rot und atemlos, doch mit ernster, würdevoller Miene, um seine Verlegenheit zu bemänteln.

Mit einer Bewegung, die gewandt und diskret sein sollte, streckte er die Hand nach dem Salz aus, doch hatte er nicht auf seinen Ärmel geachtet, der in die Soße tauchte; also hielt er mit der einen Hand den Ärmel fest und nahm mit der anderen den Salzstreuer, und in dieser komplexen Gymnastik, die das Salz zu seinem Teller bringen sollte, stieß er mit dem Ellbogen gegen sein Wasserglas, welches sich über den Tisch ergoss. Hastig versuchte er das Wasser mit seiner Serviette aufzutupfen, übersah jedoch, dass auf seiner

Serviette das verflixte Messer lag, dieses fiel zu Boden, er bückte sich, um es aufzuheben, stieß wiederum mit dem Kopf an den Tisch und tauchte unter dem allgemeinen Gelächter schamesrot wieder auf. In der Folge wagte er sich gar nicht mehr zu rühren, weder zu essen noch zu atmen.

Bei seiner Integrationsprüfung war er gnadenlos durchgerasselt.

Alle am Tisch lachten, doch bei seinem Anblick war mir kein bisschen nach Lachen zumute. Die Dicke Bertha seufzte und schüttelte den Kopf, um ihren Unmut zu bekunden. Das soeben Erlebte erhärtete ihre Meinung, die sie immer schon von meinem Großvater gehabt hatte: Er war ein Wilder. In diesem Augenblick hasste ich sie. Für mich war sie schuld an dieser ganzen demütigenden Situation. Zu gerne hätte ich sie an einen Pfahl gefesselt, ihr einige Handvoll Essen ins Maul gestopft, vor allem gebratene Zwiebeln, hätte sie wie eine Gans mit schaufelweise gebratenen Zwiebeln gemästet und sie in ihren unersättlichen Schlund gestopft, bis sie daran erstickte, bis sie platzte und wir sie ein für alle Mal los waren.

Es war eine klare Julinacht. Ich kam mit dem Nachtbus aus Paris zurück, von einem abendlichen Picknick am Seineufer im Viertel Saint-Michel.

Als ich an der Place Escadrille-Normandie-Niémen ausstieg, dröhnte mir laute Musik entgegen.

In einem Wagen mit geöffneten Türen und Fenstern saßen vier junge Männer, gut aussehende Filous aus der Sozialsiedlung, und rauchten Joints. Sie waren so um die dreißig und hatten harte Mackervisagen.

Sie saßen da und hörten mit geschlossenen Augen Céline Dions Song Pour que tu m'aimes encore.

Deine Worte hab ich sehr wohl verstanden,
neue, klare Töne, so ist das nun mal:
dass alles sich ändert, dass Blumen verblühen,
dass Dinge wechseln, ermüden, vergehen
und auch Liebe und Gefühle weiterziehen.

IV

Neuland

Lovin' Fun

Die Sommernächte waren für mich schlaflose Nächte. Ich konnte kein Auge zutun, es war zu heiß. Wenn alle anderen schliefen, wenn überall im Haus die Lichter ausgingen und Augen geschlossen wurden, gingen meine Augen auf.

Sie versenkten sich in die Seiten meines Tagebuchs, in dem ich minutiös die kleinen Vorkommnisse des Tages notierte. Besondere Aufmerksamkeit widmete ich dem Beginn meiner Periode, einem wichtigen Ereignis in meinem Leben als pubertierendem Mädchen, das ich jedes Mal festhielt. Heute habe ich meine Tage gekriegt. Heute haben meine Tage aufgehört. Ich notierte sogar die Uhrzeit, zu der sie einsetzten und aufhörten.

Meine wachen Augen versenkten sich auch in die abenteuerlichen Welten der Bücher, die ich verschlang. In die Comics von *Tom-Tom und Nana*, die Kinderbücher der Bibliothèque rose, die Romane von Azouz Begag, später die von Maupassant, Zola.

Eines Nachts las ich den *Totschläger* zu Ende und musste weinen, als ich das Buch zuklappte. Da fiel mir ein, dass meine Großmutter mir eine Locke ihres aschblonden Haars geschenkt hatte. Ich holte sie und steckte sie zwischen zwei Seiten im Buch.

Es war für mich wie ein Schrein, in dem ich einen kostbaren Schatz hütete.

Tagsüber besuchte ich die kleine Stadtteilbücherei, die kaum mehr als 40 m² umfasste. Die Bibliothekarin Maryse, eine kleine Frau um die vierzig mit kurzem rotem Haar, drückte mir Bücher in die Hand, die ich in die Regale meiner Fantasie und Empfindsamkeit einreihte. Was sie mir reichte, waren Geschichten, Worte, Rhythmus, Stil. Sie erinnerte an Agnès Varda; so klein sie war, so respektgebietend war sie. Die Kinder und Jugendlichen der Siedlung hatten Ehrfurcht vor ihr, weil sie spürten, dass sie sie mochte und ihnen geistige Nahrung bot, wie man so sagt. Maryse scheuchte keinen von ihnen aus der Bibliothek. Man durfte jederzeit kommen und wieder gehen, wenn einem danach war. Selbst die größten Hitzköpfe und potenziellen Unruhestifter. Maryse nahm sie beiseite, redete ein Wörtchen mit ihnen, wobei sie ihnen fest in die Augen sah, und dann rissen sie sich stets zusammen, schlappten mit einem Comic unterm Arm in eine Sitzecke der Bücherei, mit diesem typischen seitlichen Schwanken der Siedlungs-Kids, die beim Gehen leicht in den Knien federn.

Auch meine Ohren waren in diesen Sommernächten hellwach. Sie lauschten der Welt, und die Welt, das war das Radio.

Stundenlang hörte ich Doc und Difool auf Fun Radio, vertiefte mich die ganze Nacht in das Leben anderer, in ihre privaten Geschichten, ihre Komplexe, ihre Fragen zum Sex, ihre Probleme mit Körpergerüchen, *nein, das ist nichts Schmutziges*. Ich hörte von diesem Wort, dieser Sache, die ich noch nicht kannte. Sex ist nichts Schmutziges, war das Erste, was ich lernte. Danke, Doc. Miteinander schlafen, Liebe machen, vögeln, penetrieren, masturbieren, fummeln, blasen, lecken, Blutungen, Körpersekrete, Ausfluss, Wichsen, Sperma, Lusttropfen, alles, was aus dem erregten Körper herausläuft, alles, was in den erregten Körper hineinläuft, all das ist definitiv nicht schmutzig.

Jenseits der Radiowelt hatte ich diese Wörter nie gehört, weder bei mir zu Hause noch auf der Straße, noch in der Schule. Doch, einmal hatte ich im Collège ein Gespräch zwischen ein paar Jungs aufgeschnappt, in dem einer ständig das Wort »wichsen« benutzte. Dank der Sendung *Lovin' Fun* wusste ich nun, was Wichsen bedeutete. Und ganz offensichtlich wichsten Jungen viel. Und die Mädchen? Manche von ihnen sprachen im Radio darüber, doch sie waren schamhafter. Sie taten es nicht zusammen, während die Jungs von gemeinsamen Wichsrunden erzählten. Wie musste man sich das vorstellen? Setzten sie sich in einen Kreis und sahen einander beim Masturbieren zu, während sie sich unterhielten? Das war absolut verrückt. Nie wäre ich mit meinen Freundinnen dazu imstande gewesen.

Es war, als hütete das Radio das Geheimnis der erwachsenen Sexualität, das Radio, ein Apollotempel, in dem zwei Priester mit den originellen Namen Doc und

Difool die geheimen Mechanismen des Körpers und der Libido enthüllten. Als ich zum ersten Mal das Wort Libido hörte, hielt ich es für ein Spielzeug wie das Jo-Jo, ein Ding, das hoch- und runtersaust. Was für ein magisches Wort, Libido, das klang so gar nicht französisch. Es war lateinisch, wie Doc mir mit seiner ruhigen Stimme erklären sollte.

Sex war zwar nicht schmutzig, konnte aber zur Gefahr werden. Mit leicht beunruhigter Aufmerksamkeit hörte ich mir die lange Liste sexuell übertragbarer Krankheiten, von der harmlosesten bis zur tödlichen, und die grauslige Beschreibung ihrer jeweiligen Symptome an.

Die bizarren medizinischen Namen weckten diffuse Ängste in mir; sie erschienen mir wie eine Prozession von Dämonen, denen ich jeweils einen geheimnisvollen Charakter zuschrieb. Gonokokkus: dumm und böse. Chlamydia: heimtückisch und gemein. Kondylom: faul und banal. Trichomoniasis: alt und griesgrämig. Syphilis: edel und wahnsinnig. Hepatitis B: gewissenhaft und gründlich. Gonorrhöe: üppig und gefräßig. Herpes: der Götterbote, der uns immer wieder piesacken kommt. Der Sanfteste war der Papillomavirus, weil er nach *papillon* – Schmetterling – klang, wenn auch nach einem giftigen. Und der Tödlichste: Aids, dessen Auslaut wie das Fallbeil einer Guillotine zischte, das einem gnadenlos den Garaus machte.

Sex konnte töten, man musste also sehr vorsichtig

sein. Gelegentlich hörte ich diesen Ausdruck: Generation Aids. Ich war Teil dieser Generation, die sich künftig schützen musste, um nicht an Liebe und Lust zu sterben. Nur wie? Auch in dieser Hinsicht beruhigte uns Doc. Er erklärte, es gebe ein sehr einfaches Mittel, um sich zu schützen: ein Kondom benutzen. Dieser Begriff tauchte immer wieder auf: Kondom, Präservativ, Gummi. Ich musste an die Anti-Aids-Werbung im Fernsehen, die Aufklärungskampagnen denken. Ich hatte schreckliche Angst vor dieser Krankheit. Was war, wenn das Gummi riss? Das war wie Russisch Roulette spielen.

Bei Sex ging es also um Leben oder Tod in einem flüchtigen Moment der Freude.

Die anderen Mädchen redeten ständig von ihrer Körbchengröße. Ich trug noch keinen BH, nur schlichte Sportbustiers. Meine Brüste wuchsen langsam. Ich verbrachte Stunden vor dem Spiegel, um ihre allmähliche Entwicklung zu beobachten. Der Tag, an dem ich begriff, dass ich einen Busen hatte, war jener, als ein Schulkamerad damit prahlte, mich »betascht« zu haben. Auch Betatschen war ein Wort, das mir nichts sagte. Ich lernte es auf brutale Weise kennen, auf dem Schlachtfeld des Schulhofs, wo das Wort und seine Bedeutung mich jäh durchdrangen und mir die Unschuld raubten. Der Junge grapschte nach meiner rechten Brust und drückte sie heftig. Dann schrie er triumphierend: »Hab dich betatscht!«

Es tat mir weh. Es war der schmerzhafte dicke Knoten meiner wachsenden Brustdrüse, den dieser Grobian gequetscht hatte.

Betatscht zu werden, das hieß also, mir durch die rücksichtslosen, groben Hände eines Jungen bewusst zu werden, dass ich einen Busen hatte.

Es gab noch ein anderes Wort, das in meinem Kopf herumspukte: knutschen. Die jungen Mädchen und Kerle im Radio benutzten es oft. Ich wusste natürlich, dass Verliebte sich küssten, aber offenbar ging das Knutschen noch eine Stufe weiter als bloßes Küssen, war etwas Sexuelleres. Bei dem noch andere Körperflüssigkeiten und -organe ins Spiel kamen, wie Spucke und Zunge.

Als ich dreizehn war, waren wir bei einem Bekannten meiner Eltern zum Abendessen eingeladen.

Ich saß in der Küche, allein mit dem etwa vierzigjährigen Gastgeber, der sich benahm, als wäre er mein Onkel. Er bittet mich, die Salatsoße zu probieren, weil er wissen möchte, ob sie gut gewürzt ist. Ich nehme den kleinen Löffel, nippe daran und antworte, sie schmecke sehr gut. Kaum habe ich den Löffel in das Soßenschälchen zurückgelegt, spüre ich plötzlich seine Zunge in meinem Mund; dann weicht er mit seinem Kopf zurück, sieht mich an und sagt: Stimmt, die Soße ist perfekt.

Ich blieb reglos und stumm auf meinem Stuhl sitzen. Ich war fassungslos. Was hatte er getan? Es fühlte sich an, als wäre eine lauwarme Nacktschnecke mit Gewalt in meinen Mund gekrochen.

Knutschen, das hieß also, durch einen Trick seine Zunge in den Mund des anderen zu stopfen.

Die Magie der ersten Male

Vor meiner ersten Party war ich furchtbar aufgeregt. Ich verbrachte über eine Stunde damit, in meinem Schrank nach etwas Anziehbarem zu suchen, das ein bisschen feminin war. Es war eine rechte Herausforderung, denn neben meinen weiten Schlabberpullis, meinen alten Jeans und den Jogginghosen war da nicht viel, was mich in ein weibliches Wesen verwandeln konnte. Schließlich wählte ich einen lila Pulli, der nicht ganz so weit war, dazu die zuletzt gekaufte Jeans, die zwar nicht besonders körperbetont, aber wenigstens neu war.

Ich stibitzte mir einen Lippenstift meiner Mutter, gab ein wenig rote Farbe auf meinen Zeigefinger und betupfte mir damit den Mund. Und da mein Föhnstyling noch passabel hielt, ließ ich mein Haar offen.

Eine Freundin hatte zur Feier ihres 14. Geburtstags einen Raum gemietet, und kein Erwachsener würde anwesend sein – eine echte Premiere.

Ich fragte mich, welcher Junge mich wohl zum Tanzen auffordern würde. Womöglich würde ich meinen ersten Kuss erleben, endlich meinen ersten Blues tanzen. Ich stellte mir unterschiedliche Szenarien vor, in denen ein gut aussehender dunkelhaariger Junge unter den neidischen Blicken meiner Freundinnen auf mich zukäme und mich fragte, ob ich mit ihm tanzen wolle. Ich würde meine Hand auf seine Schulter legen und in seiner Halsbeuge seinen Duft riechen. Schon der Gedanke an eine solche Erfahrung ließ mich im Innern jubeln. Erst vor wenigen Wochen hatte ich den Film *La Boum* mit Sophie Marceau gesehen, und die Szene, wo der hübsche Mathieu der jungen Heldin Vic den Kopfhörer auf die Ohren setzt, um mit ihr inmitten der zu Rock-'n'-Roll-Musik hüpfenden Jugendlichen einen langsamen Blues zu tanzen, fand ich unfassbar schön.

Als ich den Partysaal neben meiner alten Grundschule in der Rue Roger Salengro betrat, waren schon viele da. Manche Mädchen hatten extra ein Kleid angezogen, einige Jungs ein Hemd. Die meisten Jungen hatten Parfüm aufgelegt und sich Gel in die Haare geschmiert; die meisten Mädchen waren geschminkt.

Neben dem Büffettisch sah ich Nouria und Sabine stehen. Wir unterhielten uns ein bisschen, tranken Saft und aßen Süßigkeiten. Wir kommentierten alles, was wir sahen, ein bisschen so wie im Kino. Wir waren fast wie drei Klatschweiber irgendwo im Süden. Nachdem eine Stunde vergangen war, tranken wir immer noch Saft und aßen Kekse, und schließlich setzten wir uns, weil es bequemer und praktischer war, auf Stühle in der Nähe des Büffets. Im nächsten Moment kamen ein paar Mädchen aus unserer Klasse zu uns, um ihre Taschen und Jacken bei uns zu lassen. Wir erklärten uns bereit, auf sie aufzupassen; so hatten wir wenigstens etwas zu tun. Eine halbe Stunde später türmte sich zu unseren Füßen ein ganzer Haufen aus Taschen und Jacken.

Jetzt ähnelten wir eher jenen alten Tanten, die auf Hochzeitsfeiern ihren Stuhl nicht verlassen, ihren Teller auf dem Schoß halten und mit neugierigen Blicken die Festgesellschaft beobachten.

Bei jedem langsamen Musikstück hoffte ich, ein Junge würde kommen und mich auffordern. Doch ein gefühlvoller Blues folgte auf den anderen, und ich saß immer noch auf meinem Stuhl und stopfte mich mit Knabberzeug voll.

Sabine und Nouria gingen irgendwann nach Hause, aber ich wollte noch ein bisschen bleiben. Ich hatte die Hoffnung noch nicht aufgegeben, dass jemand mit mir tanzen wollte. Die hübschesten Mädchen wurden jedes Mal aufgefordert. Und ich saß in diesem Partysaal und wachte ganz allein über ihre Mäntel und Taschen.

Ich war schon drauf und dran, aufzustehen und zu gehen, als ein Junge auf mich zukam. Oh nein, Olivier. Olivier wog sicher an die 100 kg bei einer Größe von 1,60 m; er zog sich schlecht an, roch immer nach Schweiß und spuckte beim Reden. Warum war er überhaupt eingeladen? Ich flehte im Stillen, er möge mich nicht auffordern, nicht er, bloß nicht! Doch was immer er sich dabei dachte, er fragte mich. Ich wagte nicht, Nein zu sagen; ich dachte, es würde ihn furchtbar kränken, wenn ich ablehnte.

Also stand ich auf, schlurfte zur Tanzfläche und tanzte meinen ersten Blues.

Während wir tanzten, versuchte Olivier mir näher zu kommen, und ich rückte so weit wie möglich von ihm ab; meine Fingerspitzen lagen auf seinen Schultern, während mein Körper wie magnetisch abgestoßen von ihm wegstrebte. Es war erbärmlich.

Ich war im Lycée, in der gymnasialen Oberstufe, Schwerpunkt Literatur und Drama. Mit 16 Jahren hatte ich mich schließlich mit meinem zauseligen Krauskopf versöhnt. Und wie zur Belohnung waren meine Locken weicher und seidiger geworden und fielen mir locker gewellt auf die Schultern. Auch mein Outfit hatte sich verändert. Ich war nun ein Hippiemädchen. Trug Schlaghosen, Blumenhemden, zahllose um den Hals gewickelte Ketten, lange Westen, Samtjacken – alles Secondhand-Sachen, die ich mit meinen Freunden auf dem Flohmarkt an der Pariser Porte de Clignancourt kaufte.

Eines Tages kamen auf unserem Schulhof ein paar Typen mit gegeltem Haar an uns vorbei, in Trainingshosen von Lacoste und Stan-Smith-Sneakern. Sie warfen uns Münzen vor die Füße. Hier, kauft euch was Gescheites zum Anziehen, ihr Pennertruppe. Das konnte uns nichts anhaben, wir gehörten einer Truppe an, nicht einer Herde von Schafen wie sie, ordinären Konsumenten, verblendeten Opfern der infamen Markenindustrie – wir waren die originelle Hippietruppe des Lycée Eugène-Delacroix von Drancy, mit Werten, Überzeugungen und Ritualen. Es erforderte Mut, so herumzulaufen, in Kleidern aus einer anderen Ära, Love and Peace zu propagieren, die Musik der 70er zu hören, The Doors, die Stones, die Beatles, Simon and Garfunkel, Led Zeppelin, Jimi Hendrix und so fort. Die Poster der Supermodels und Soap-Opera-Stars hatte ich abgehängt und weggeworfen, statt Brenda schmückte nun Jim Morrison, statt Claudia Schiffer Janis Joplin meine Zimmerwand.

Auch Filmplakate hatte ich aufgehängt. *Pulp Fiction, Trainspotting, Apocalypse Now* und *Arizona Dream*, den ich x-mal gesehen hatte.

Wir kritisierten das kapitalistische System, kritzelten Friedenssymbole auf unsere Arme, unsere Hefte und an die Mauern.

Jeden kleinsten Rasenfleck, den wir fanden, nutzten wir, um uns darauf zum Kiffen niederzulassen, dazu sangen wir »*Pass pass le oinj*« von NTM oder den Refrain von Billy Ze Kick, in dem die Selbstgedrehte aus *OCB*-Papier »endlich rumgereicht« werden soll; wir lasen Gedichte, fuhren nach Paris, an die Seine, nach Montmartre oder ins Bastille-Viertel.

Ich hatte immer noch keinen Freund. Das gärte in mir.

Eine Gelegenheit ergab sich an einem Abend bei Belinda, die zu der Zeit meine beste Freundin war. Wir waren zu viert, zwei Mädchen und zwei Jungen. Dort begegnete ich ihm. Er hatte Ähnlichkeit mit Ewan McGregor in *Trainspotting*, und seine Aufmachung war eine Mischung aus Grunge und Punk. Er trug enge schwarze Jeans mit Rissen an den Knien und einen langen kakigrünen Pulli mit ausgefransten Ärmeln. Auf dem T-Shirt, das er unter seinem Pulli trug, war in roten Großbuchstaben »NEVERMIND« über Kurt Cobains Gesicht gestempelt. Ich fühlte mich sofort zu ihm hingezogen.

Wir hatten schon einiges getrunken und Joints geraucht. Wir saßen zu viert in Belindas Küche, kippten einen Wodka-Shot nach dem anderen und diskutierten leidenschaftlich, redeten unzusammenhängendes Zeug.

In meinem Kopf begann es sich zu drehen, und ich bekam Lust zu tanzen. Ich legte Leonard Cohen auf, *Waiting for a Miracle*, das ich aus dem Soundtrack von *Natural Born Killers* kannte. Mein zukünftiger erster Freund sah mir beim Tanzen zu, bevor er aufstand und zu mir kam. Was nun geschah, war besser als ein Blues, besser als alles, was ich mir je hatte vorstellen können. Der begehrenswerte Körper des anderen, der meinen ebenfalls begehrte, zu einer so suggestiven Musik, in einem Alter, in dem alles verheißungsvolle Zukunft ist.

Er kam mit seinem Gesicht ganz dicht an meines und küsste mich. Die Zartheit seiner Lippen auf meinen, seine Hände auf meinen Hüften, das leicht raue Kinn, dessen Bartstoppeln schon ein paar Tage alt sein mussten, sein weiches Haar an meiner Stirn – mir lief ein Schauer über den ganzen Körper.

Als die Musik verebbte, wurde er plötzlich blass. Es ging ihm nicht gut, und er ließ sich auf ein Sofa fallen. Dann sprang er auf und rannte zur Toilette, wo er alles erbrach, was er getrunken und gegessen hatte. Ich sehe noch vor mir, wie ich ihm den Nacken mit einem kalten Waschlappen befeuchte, um ihn wieder nüchtern zu machen. Ich betrachtete zum ersten Mal einen Jungennacken. Er war breit und fest wie ein Baumstamm. Seine Haare mündeten in einen dünnen Flaum, der sich den Nacken hinunterzog und auf dem Rücken verlor. Ich half ihm, sich auf Belindas Bett zu legen. Er stammelte Entschuldigungen, ärgerte sich über sich selbst, fand sich erbärmlich, und ich antwortete ihm, er solle still sein, streichelte sanft sein Gesicht und sein Haar, tupfte seine Stirn mit dem feuchten Waschlappen ab und sah ihm beim Einschlafen zu.

Dieser erste Kuss besiegelte einen Pakt zwischen den Männern und mir. Einen Mann zu lieben, das hieß, ihn zu beschützen, zu retten, in einem imaginären Krankenhauszimmer zu umsorgen. Dieses Krankenhauszimmer würde der Schauplatz all meiner künftigen Liebesgeschichten sein.

Einige Monate später verliebte ich mich in einen langen, spindeldürren Achtzehnjährigen mit dunkelbraunem Haar. Er hatte im Jahr zuvor die Schule abgebrochen und verbrachte seine Tage mit Nichtstun, rauchte und verkaufte Gras und zitierte gerne die Worte der Fonky Family: *Fume avant que la vie te fume – rauche, bevor das Leben dich raucht.* Er stammte aus einer sehr katholischen, reaktionären Familie, und seine Eltern waren immer kurz vor dem Nervenzusammenbruch, wenn er mit verstrubbeltem Haar, Dreitagebart und einem Joint im Mundwinkel vor ihnen auftauchte.

Er lebte in Paris, in einer bürgerlichen großen Wohnung im 10. Arrondissement. Seine Zimmereinrichtung bestand im Wesentlichen aus einer Matratze, einem Schreibtisch und einem Stuhl. Über der Matratze hing ein großes Poster von Muhammad Ali, der den Betrachter mit Boxhandschuhen und weißen Shorts in Abwehrhaltung fixierte, darunter Alis Motto: *Float like a butterfly, sting like a bee.* Auf dem Schreibtisch stand eine Briefwaage zum Abwiegen des Marihuanas, daneben Folienrolle und Plastiktütchen, Zigarettenpapier sowie ein Schweizer Taschenmesser. Mein Freund las die Schriftsteller der Beat Generation, und vor der Matratze auf dem Boden lagen seine abgenutzten, mit Eselsohren versehenen Bücher.

An einem warmen Juninachmittag spazierten wir zum Parc de la Bergère in Bobigny, unweit der Metrolinie 5. Wir schlenderten Hand in Hand den Canal de l'Ourcq entlang und sahen die Metros vorüberfahren. Der Park war menschenleer. Wir ließen uns unter einem Baum im Gras nieder und knutschten leidenschaftlich. Er streichelte meine Brüste, ich strich über seine Schenkel und seinen Schritt; er war hart an dieser Stelle. Mein Atem ging immer schwerer, und mich überkam ein heftiges Verlangen. Ich sah ihm fest in die Augen und sagte, ich wolle es jetzt tun. Er wirkte überrascht. Hier? Ja, hier. Aber man kann uns sehen. Dann lass uns einen Ort suchen, wo man uns nicht sehen kann. Wir machten uns auf die Suche nach unserem Brautlager und fanden es. Ein verborgener Winkel unter den Bäumen, umgeben von Büschen, auf dem Boden ein weiches Bett aus Eichen- und Platanenlaub, hier würde niemand vorbeikommen. In der Ferne sah man die Gleise der Metro und ein Stück weiter den in der Sonne glitzernden grünen Kanal. Die Betonwände entlang des Kanals waren mit prächtigen Graffiti und Tags verziert.

Und in diesem Ambiente ländlich-urbaner Kunst taten wir es.

Ich empfand nicht besonders viel, dafür war ich zu sehr von der Neuheit dieser Erfahrung absorbiert. Das Ganze dauerte ein paar Minuten. Anschließend rauchte er eine Zigarette und blickte hoch in die Blätter über uns, die von einer leichten Brise bewegt wurden. Er meinte: Du wirst sehen, es wird immer besser, je öfter man es tut. Dann standen wir auf, liefen Hand in Hand zur Metrostation und küssten uns zum Abschied.

Auf jenem Bett aus Farnen und altem Laub hatte ich das kleine Mädchen zurückgelassen.

Das »erste Mal« bedeutete also, unter einem Jungen zu liegen, der sich ein paar Minuten lang hin und her bewegt, während in der Nähe die Metro vorüberfährt, sich anschließend wieder anzuziehen und zu gehen und auf dem Rückweg deutlich zu spüren, dass man nie wieder dieselbe sein wird.

Meine Schulzeit vollzog sich im Rahmen der ZEP, eine Abkürzung für etwas, was Prioritäre Bildungszone bedeutet. Aber was für eine Priorität war das? Wer wurde hier vorrangig oder bevorzugt behandelt? Für uns bedeutete die Abkürzung Problematische Bildungszone. Wir hatten nichts Vorrangiges, sondern ganz im Gegenteil das Gefühl, in den Hinterhof des staatlich-säkularen Bildungswesens abgeschoben zu sein. Wir zählten nicht wirklich, niemand setzte Erwartungen in uns, das wussten wir, das spürten wir mit jedem Tag, in jedem Schuljahr, bei jedem Wechsel in eine höhere Klasse, mit jeder erreichten Bildungsstufe.

ZEP: Prekäre Bildungszone.

Wir kamen irgendwie voran, das war alles. Manche blieben auf der Strecke, andere schlugen einen bescheidenen Berufsweg ein, um früher und härter als alle anderen zu arbeiten, und dann gab es noch die, die alle Schulstufen absolvierten. Aber worauf lief das wirklich hinaus? Was war ein Abitur wert, das man in einem ZEP-Lycée im Département Seine-Saint-Denis gemacht hatte?

Ich kann mich an niemanden in meiner Klasse erinnern, der oder die sich gewünscht hätte, Karriere zu machen, in die Fußstapfen des Vaters oder der Mutter zu treten, denn es gab da keine Art von Kapital, die uns zum Erfolg drängte, uns gesellschaftlichen oder ökonomischen Erfolg versprach oder einem das beruhigende Gefühl vermittelte, sich in eine Tradition der Gewinner und Anführer einzuschreiben, zu denen zu gehören, die auf der Sonnenseite des Lebens stehen.

Das Sprengelprinzip machte, dass wir in einem geografischen Radius feststeckten, der für Armut und Scheitern stand.

Aber all das begriff ich erst viel später. Zu jener Zeit hatte ich noch keine Ahnung von Marx und Bourdieu, wusste noch nichts von Determinismus, Klassenkampf und so weiter.

Als junges Mädchen glaubte ich naiv an die staatliche Schule, glaubte an meinen Aufstieg durch Bildung, an die Gleichheit der Chancen, war überzeugt, dass ich dank ihr eines Tages meine Banlieue verlassen würde.

Ich klammerte mich an meine Noten wie an Rettungsbojen, wie an die Bretter meines Floßes der Medusa; ich behielt den Kopf über Wasser in einem Ozean, in dem ich von Weitem den Gesang der Sirenen hörte. Sie raunten mir zu, dass ich bald die Insel des sozialen Aufstiegs und Erfolgs erreichen würde.

Dank unseres Bildungswesens besaß auch ich Anspruch auf den üppigen Kuchen der republikanischen Elite, auch ich würde eines Tages meinen Teil abbekommen.

V

Sieger und Besiegte

Die Krieger

In meiner Mittelschulzeit auf dem Collège gehörten sämtliche Lehrer der Gattung der Krieger an, dabei unterteilten sie sich jedoch in sehr unterschiedliche Subgattungen: die siegreichen Krieger, die besiegten Krieger und jene besiegten Krieger, die dem Wahnsinn verfallen waren.

Die siegreichen Krieger trugen eine Art Flamme in sich, ein bisschen so wie die Vestalinnen, ein Feuer, das unausgesetzt in ihrem Blick, ihrem Kopf, ihrem ganzen Körper brannte. Sie kannten weder Verzweiflung noch Resignation. Zu sagen, sie seien motiviert gewesen, trifft es nicht annähernd. Es war mehr als Motivation, auch mehr als eine Berufung, es war ein ritterlicher Schwur. Sie waren offenbar auf die Welt gekommen, um zu unterrichten. Je schäbiger die Schule, je heruntergekommener und ärmlicher der Stadtteil, je abgehängter, wütender und aggressiver die Schüler, desto mehr gewann ihre Mission an Sinn, ihre Lehrerrolle an Aura und Charisma, ihre Entschlossenheit an Kraft.

Erst die äußeren Widrigkeiten brachten sie zum Strahlen.

Ich verneige mich vor ihnen, diesen Frauen und Männern, wahre Kriegsmaschinen der Prioritären Bildungszone. Über ihre Methoden ließ sich streiten, manchmal griffen sie zur Gewalt, zu Einschüchterung und Drohungen, doch sie wussten genau, was sie taten, und vermochten jeden Schüler sofort einzuschätzen.

Ihnen verdanke ich meine Lust aufs Lernen und Weiterkommen, sie brachten mich dazu, an mich zu glauben und zu vergessen, dass ich aus einer gammeligen Schule in der gammeligen Banlieue stammte.

Monsieur Ortega war einer von ihnen. Ein stattlicher, etwa 1,90 m großer Kerl mit selbstbewusstem Auftreten, der Stiefel trug und mit dem Motorrad zur Schule kam, einer schweren Maschine, die einen Höllenlärm veranstaltete, wenn er das Hoftor passierte. Man hörte ihn schon von Weitem herandröhnen. Er war eine imposante Erscheinung, spielte Rugby im Verein, was uns sehr beeindruckte. Wir stellten uns vor, wie er, den Ball unter den Arm geklemmt, über das Spielfeld stürmte und dabei alle Gegner in seinem Weg umkegelte.

Durch die Flure des Collège schritt er wie ein Großfürst, voller Zuversicht und Autorität.

Man tat besser daran, ihn nicht zu provozieren. Er hatte nichts von einem Heiligen und schon gar nichts von Jesus. Seine Liebe fürs Unterrichten umfasste weder Opfergeist noch Selbstverleugnung. Wir befanden uns in einem Schulzimmer, nicht in der Kirche. Er war hier, um uns beizubringen, Regeln zu respektieren und einzuhalten. Er war weder lieb noch böse, nur gerecht. Er wusste, zu welchem Sadismus wir Mittelschüler imstande waren, wusste, dass wir die Lehrer mit unseren Mätzchen, Frechheiten und ätzenden Witzen auf Dauer fertigmachen konnten. Wir waren in der Lage, einen Lehrer auf kleiner Flamme zu rösten, mit jedem Tag ein Stück weiter zum Abgrund zu treiben, bis er oder sie einen Zusammenbruch erlitt. Und dann triumphierten wir.

Monsieur Ortega besaß auch Humor, und nicht zu wenig. Indem er uns zum Lachen brachte, formte er zugleich unseren Sinn fürs Komische, für Ironie, für Mehrdeutigkeiten. Mit geistreichen Bemerkungen, Wortspielen, witzigen Kommentaren. Sein Humor machte uns intelligent, verlieh uns Esprit.

Doch sobald wir uns über Regeln hinwegsetzten, verwandelte er sich in einen strengen, unerbittlichen Richter mit mordlüsterner Miene. Dieser plötzliche Wandel vollzog sich nur ein einziges Mal, gleich zu Beginn des Schuljahrs (jener unselige Moment, in dem wir unsere Lehrer auf die Probe stellten).

Smaïn wagte es, ihn herauszufordern. Es war sein Zeitvertreib, sich immer ausgefeiltere Verstöße auszudenken, bei denen sich Spaß und Arglist die Waage hielten, um unsere Lehrer in den Wahnsinn zu treiben. Er war ein echtes Ekel, das es immer auf die Schwächsten abgesehen hatte. Gemein, vulgär und hässlich obendrein.

Es war die erste Unterrichtsstunde bei Monsieur Ortega in der neunten Klasse. Wir kannten ihn noch nicht, denn er war neu ans Collège gekommen. Er stellte sich uns vor, erzählte, was wir in Französisch durchnehmen würden, und bat uns, unsere persönlichen Steckbriefe auszufüllen. Wir verhielten uns ruhig, beobachteten ihn neugierig, auf der Suche nach der geringsten Schwachstelle, auf die wir uns stürzen konnten. Für den Augenblick konnten wir noch nichts entdecken. Dieser Lehrer sah nicht übel aus, war elegant und sportlich gekleidet, seine Erscheinung schüchterte uns ein wenig ein, und sein Blick schweifte gelassen und selbstbewusst durch den Raum. Während wir unseren Steckbrief ausfüllten, dröhnte plötzlich ein enormer Furz durch die allgemeine Stille. Smaïn fing laut an zu lachen, und der Rest der Klasse fiel erheitert mit ein. Langsam und schweigend ging unser neuer Lehrer auf ihn zu. Dicht vor seinem Tisch blieb er stehen. Smaïn lachte nicht mehr und starrte auf sein Mäppchen. Monsieur Ortega sagte kein Wort, stand nur da. Warf ihm einen furchterregenden Blick zu, eine Mischung aus Feuer und Stahl. Niemand in der Klasse wagte zu mucksen, keiner hatte Lust, mit Smaïn zu tauschen. Dann sagte der neue Lehrer mit tiefdunkler, schneidend scharfer Stimme: Schau mich an. Smaïn hob unsicher den Kopf und blickte ihn an wie ein verängstigter Hund. Siehst du meine Hand hier? Hübsch, nicht wahr? Wenn du das noch einmal tust, hebel ich dir damit die Kinnlade aus.

Dann ging er seelenruhig zu seinem Pult zurück, ließ uns noch ein paar Minuten zum Ausfüllen der Zettel und sammelte sie dann mit einem Lächeln ein.

Nie wieder hörte man in Monsieur Ortegas Unterricht einen Laut von Smaïn, weder aus seinem Mund noch sonst woher.

Meine schönste Erinnerung an den Französischunterricht ist der Tag, an dem Monsieur Ortega der ganzen Klasse meinen Aufsatz vorlas. Das Thema lautete: *Beschwört wie Nabokov eine Erinnerung herauf und nutzt dazu sowohl euer Gedächtnis als auch eure Fantasie.* Ich beschloss, über meinen ersten Schultag an der Grundschule zu schreiben.

Ich erzählte von meiner Angst an jenem Tag, meinem Gefühl der Verlassenheit auf dem großen Pariser Schulhof, von den vielen unbekannten Gesichtern und wie ich aus der Schule ausgebüxt war.

Monsieur Ortega hatte alle Aufsätze ausgeteilt, bis auf meinen, den er in den Händen behielt. Er setzte sich auf einen der Tische, las meine eigenen Worte, meine Geschichte vor, die halb wahr, halb erfunden war. Alle Schüler hörten still zu. Monsieur Ortega gab mir den Aufsatz zurück und sagte nichts weiter dazu, doch in seinem Blick erahnte ich ein Lächeln und in diesem Lächeln die erste Ermutigung zum Schreiben, zum Weitermachen mit dem Schreiben. Ich war unglaublich stolz und aufgeregt.

Jahre später erschien ein Buch von mir, mein erster Roman, und ein Kapitel darin enthielt in überarbeiteter Form den Aufsatz, den ich mit 14 Jahren geschrieben hatte. Ein paar Wochen nach dem Erscheinen war ich zum Kaffee mit einem Mann verabredet, der in Jeans und Stiefeln auf einem Motorrad angefahren kam. Er hatte noch denselben selbstbewussten Gang, die kräftige Statur, die den früheren Rugbyspieler verriet, sein Haar war lichter und heller geworden, er trug eine Brille, und im Blick des Kriegers brannte immer noch dasselbe Feuer.

Neben den siegreichen gab es die besiegten Krieger. Sie hatten keine Erwartungen mehr, und auch von ihnen war nichts mehr zu erwarten. Einst waren sie siegreiche Krieger gewesen, doch die Zeit, der Alltag, die Bequemlichkeit, die Fallstricke des Lebens und der Verschleiß hatten sie in die Knie gezwungen. Sie hatten ausgedient, stammten aus einer anderen Zeit und vermochten sich nicht den Veränderungen anzupassen, nicht den neuen Methoden und besonders nicht dem neuen Publikum, jenem prekären, aber prioritären Publikum, das wir waren.

Lange Minuten verstrichen, Bücher- und Heftseiten wurden gewendet, der Unterricht nahm seinen automatisierten, monotonen, seit Jahrzehnten unveränderten Lauf. Irgendwann dann die Erlösung – die Pausenklingel. Nie passierte irgendetwas. Wir waren so benommen von dem Phlegma und der eintönigen Stimme der jeweiligen Lehrer, dass unser Wille, sie fertigzumachen, wie betäubt war, wir fanden gar nicht mehr die Kraft dazu.

Was für eine Qual, bei abgestumpften Pädagogen im

Unterricht zu sitzen. Bei ihnen machte ich meine größte metaphysische Erfahrung der Langeweile. Durchlebte leibhaftig – mit Kopf und Körper – Baudelaires Verse: »Doch würd' es gern die Welt in Trümmer legen / Und schlänge gähnend sie in sich hinein: / Die Langeweile ist's!« Auch unsere Hirne schlang sie in sich hinein. Wie Roboter gehorchten wir widerstandslos den Anweisungen und gähnten, dass unsere Kiefer knackten.

Monsieur Planquette war ein Musterexemplar dieser Gattung. Wir hatten ihn in der achten Klasse als Französischlehrer, und ihm blieben noch zwei oder drei Jahre bis zum Ruhestand. Er war ein kleiner Mann mit grauen Locken, die ihm bis knapp unter die Ohren reichten. Da sein Schädel oben spitz zulief, bildete sein Haar eine Art Dreieck, das seinen Kopf wie einen Tannenbaum aussehen ließ. Er trug das ganze Jahr über eine sand- oder kakifarbene Anglerweste und rauchte im Klassenraum Pfeife. Ihr Qualm machte unseren Geist nur noch schläfriger, wie Weihrauch in der Kirche.

Ein geschlagenes Dreivierteljahr beschäftigten wir uns mit der Lektüre und Analyse von Molières Theaterstücken. Nach zwei Trimestern hatten wir die Faxen dicke von diesem Jean-Baptiste Poquelin, vom Klassizismus und Barock, vom Sonnenkönig und dem Streit zwischen den Alten und den Modernen. Der Rest des Schuljahrs war seinem Lieblingsschriftsteller Alphonse Daudet und dessen populärer Figur Tartarin von Tarascon gewidmet. Nach der dritten Stunde über diesen dämlichen Tamtam-Tartar wollten wir uns nur noch die Kugel geben. Die halbe Klasse konnte seinen Namen nicht richtig aussprechen. Wir hatten nichts gegen Tartarin, aber in unserem Alter leuchtete uns einfach nicht ein, warum uns diese südfranzösische Gegend interessieren sollte und warum dieser unfähige, naive Wichtigtuer auf Löwenjagd nach Algerien reiste. Monsieur Planquette las uns ganze Passagen aus dem Buch vor. Unter dem einlullenden Gemurmel der ihres Sinnes entleerten Worte kämpften wir gegen den Schlaf an, während unser Lehrer schlagartig zum Leben erwachte und an bestimmten Stellen, deren Komik uns komplett entgangen war, kurz auflachte. Er beteuerte immer wieder, Humor sei in der Literatur etwas Seltenes und Kostbares. Wir hätten zwar ebenfalls gern gelacht, doch die Lektüre von Alphonse Daudet lustig zu finden, erschien uns ebenso abwegig, wie im Sportunterricht den Mount Everest zu erklimmen.

Immerhin gelang es Molière manchmal, uns zum Lachen zu bringen, auch wenn ein Trimester dafür allemal ausgereicht hätte. Zum Glück bekamen wir am Ende unseres literarischen Marathons, bei dem wir in einem halben Jahr zehn Molière-Stücke durchgenommen hatten, die Gelegenheit, eine kleine Szene unserer Wahl vorzuspielen. Es war der einzige Moment, in dem wir aus unserer Lethargie geistloser Automaten erwachten, um kreativ und erfinderisch zu werden und unsererseits die Klasse zum Lachen zu bringen.

Ich hatte mir eine Szene aus dem *Geizigen* ausgesucht, in der ich den Maître Jacques spielte, die 1. Szene aus dem 5. Akt.

Mein Kostüm hatte ich mir bis ins kleinste Detail überlegt. Mein weißer Chemiekittel diente als Schürze, dazu bastelte ich eine Kochmütze aus Papier, hängte ein paar Küchenutensilien an meinen Gürtel und klebte mir einen schönen Schnurrbart an, den ich aus Pappe ausgeschnitten und schwarz angemalt hatte. Auf die Wangen und die Nase schmierte ich mir etwas Rouge, um so rotgesichtig auszusehen wie dieser Tartarin von soundso, und was mein Publikum besonders zum Lachen brachte, war ein dickes Kissen, das ich mir als riesige Wampe unter den weißen Kittel gestopft hatte.

Monsieur Planquette sah uns gemütlich in seinem Stuhl sitzend zu, während der Rauch seiner Pfeife den ganzen Raum einnebelte, und machte einen glücklichen, zufriedenen Eindruck. Er kommentierte weder unsere Darbietung noch die Intonation noch die gesamte Inszenierung. Dabei vergaßen wir den halben Text oder wandelten ihn nach Gutdünken ab, verwechselten unsere Textzeilen oder übersprangen welche, zeigten keinerlei Gespür für den Bühnenraum, sondern standen mit dem Rücken zum Publikum oder traten einander auf die Füße. Manche brüllten ihren Text heraus, andere wisperten ihn kaum hörbar, und wiederum andere lasen versehentlich die Bühnenanweisungen mit. Monsieur Planquette, Zuschauer dieses fröhlichen Spektakels und Zeuge unserer völligen Unbeleckheit von Schauspielkunst, genoss still diesen Moment der Zerstreuung, den wir ihm boten, und wir bekamen alle hervorragende Noten.

Madame Chatelain versprühte noch den Glanz vergangener Ruhmeszeiten. Unsere Musiklehrerin war eine besiegte Kriegerin, hatte jedoch nichts von ihrer Eleganz verloren. Die sehr schöne Mittfünfzigerin kam mit einem roten Mercedes zur Schule gefahren. Sie trug Rot und Schwarz und Gelb, was ihr alles ausgezeichnet stand. Ihre perfekt geschnittenen Damenkostüme schmiegten sich um ihre ranke Figur. Üppige, schwere Ohrringe baumelten an ihren Ohrläppchen, die vom Gewicht schon ganz lang gezogen waren, und jedes Mal, wenn sie ihren Kopf wandte oder sich mit der Hand durch ihr rotbraunes Haar fuhr, klirrten sie leise wie der helle, kristalline Klang einer Triangel.

Wenn sie ging, hörte man ihre hohen Absätze klappern, und wenn wir eine Partitur durchnahmen, klatschten ihre Hände den Takt. Bei ihr beschäftigten wir uns ausschließlich mit klassischer Musik. Sie vergötterte Bach, den sie betont deutsch mit einem kehligen »ch« aussprach, *Bachchch*, sowie Beethoven, der bei ihr *Bethofön* hieß.

Das ganze Schuljahr über spielten wir in ihrem Unterricht Flöte. Um die ersten Takte der *Ode an die Freude* zu lernen, benötigten wir sechs Monate. Wir besaßen keinerlei musikalische Vorbildung, unsere

Finger waren trampelig wie Elefantenfüße, wir verwechselten die Löcher, setzten nie zur selben Zeit ein, und von all dem speicheligen Geblase waren unsere Flöten so nass, dass es aus den Löchern tropfte. Jeder konzentrierte sich darauf, seinen persönlichen kleinen Ton herauszubringen, und achtete nicht auf die anderen. Und inmitten dieser Kakophonie ging Madame Chatelain mit gleichmütiger Miene und halb geschlossenen Augen umher, zählte den Takt mit oder sang die ersten Noten der Ode: *h h c d / d c h a / g g a h / h a a*. Dass sie uns nicht unterbrach, werteten wir als Zeichen der Ermutigung, und so flöteten wir noch lauter unsere schrille, misstönende Symphonie, bis wir fast taub davon wurden.

Wenn unser Mathematiklehrer Monsieur Letard uns mit der Kreide in der Hand lustlos die Gesetze der Algebra und der Geometrie erklärte, behielt er stets seinen teilnahmslosen, unerschütterlichen Ausdruck bei.

Er war ein dünner, hagerer Mann um die fünfzig, ein besiegter Krieger mit jener Eigentümlichkeit, dass er immer blaue Hemden und braune Hosen trug.

Die Frage, die uns in den Mathestunden am meisten beschäftigte, hatte so auch nichts mit dem Satz des Pythagoras oder mit Brüchen zu tun, denn sein Unterrichtsstoff war uns herzlich egal. Nein, was uns umtrieb, war, ob Monsieur Letard mehrere identische Hemden und Hosen besaß – so wie Einstein, der immer graue Anzüge trug, um seinen Geist nicht mit Nichtigkeiten wie der Kleiderfrage zu belasten – oder ob er die ganze Woche lang dasselbe Hemd und dieselbe Hose anhatte. Im ersten Fall ließ sich die Sache vertreten und auf die für große Genies typische Schrulligkeit schieben; im zweiten warf es Zweifel an seiner Hygiene auf und deutete auf einen schmuddeligen, knauserigen, ja unheimlichen Charakter hin.

Um diese brennende Frage zu beantworten, hatten wir einen so schlichten wie gewitzten Plan entworfen. Einer von uns Schülern würde sich hinter ihn schleichen und mit schwarzem Marker einen Strich auf sein Hemd zeichnen. Wenn das Hemd, das er am nächsten oder an den folgenden Tagen trug, noch diese Markierung aufwies, dann handelte es sich eindeutig um dasselbe.

Diese Mission fiel mir zu. Paola und ich waren die Einzigen in der Klasse, die in Mathematik einen Durchschnitt von 16 Punkten hatten, aber Paola hätte so etwas niemals gewagt, dafür war sie viel zu schüchtern. Ich traute mir die Herausforderung zu, mein Notendurchschnitt schützte mich, machte mich über jeden Verdacht erhaben. Ich musste zur Tat schreiten, wenn Monsieur Letard gerade etwas an die Tafel schrieb, also mit dem Rücken zur Klasse stand. Ich meldete mich, um über dem Papierkorb, der neben seinem Pult stand, meinen Bleistift spitzen zu gehen. Der schwarze Marker steckte einsatzbereit in meiner Hosentasche. Ich nahm mir Zeit mit dem Spitzen. Als unser Lehrer sich abwandte, um ein rechtwinkliges Dreieck an die Tafel zu zeichnen, zog ich mit heftig klopfendem Herzen den Marker hervor. Ich streckte meine Hand aus und streifte ganz leicht und ohne jeden Druck, damit er nur ja nicht spürte, dass in seinem Rücken etwas Fragwürdiges vor sich ging, den ausgewaschenen blauen Stoff seines Hemds, auf dem ein feiner schwarzer Strich zurückblieb.

Die anderen Schüler applaudierten. In der nächsten Sekunde drehte Monsieur Letard sich zu mir um. Ich konnte gerade noch den Marker in meiner Tasche verschwinden lassen und zu meinem Platz zurückgehen.

Er sah die Klasse an, ohne etwas zu sagen. Es herrschte eine Stille wie im Kloster. Dann zeichnete er sein Dreieck zu Ende.

Ich war wahnsinnig stolz, dass mir dieser Streich gelungen war.

Als Monsieur Letard am nächsten Tag ins Klassenzimmer kam, stellte er seine Tasche auf den Pult, um seine Sachen herauszuholen, und wartete ab, bis Ruhe eingekehrt war. Dann nahm er seine Kreide und wandte sich um, um das Datum an die Tafel zu schreiben. Sein Hemd war mit meinem schwarzen Strich markiert. Auch an den folgenden beiden Tagen.

Von allen besiegten Kriegern war Monsieur Gonzalez der schlimmste Fall. Er war seit Langem im Ruhestand, nur dass er vergessen hatte zu gehen. Obwohl er unser Spanischlehrer war, brachte er uns kein Spanisch bei.

Kein bisschen, weder die Konjugation von Verben noch andere Grammatikregeln, weder erklärte er uns die Aussprache noch legte er uns einen literarischen Text vor oder erzählte uns etwas über die spanische Gegenwart, Geschichte, Kultur. Das Einzige, was wir in seinem Unterricht erhielten, waren endlose Listen von Vokabeln ohne jeden Kontext.

Während meiner ganzen Mittelschulzeit hatte ich diesen Lehrer und lernte nicht das Geringste.

Er war ziemlich korpulent, hatte einen tiefdunklen Bart und trug bei Wind und Wetter, Hitze oder Kälte einen marineblauen Pulli und Jeans.

Dazu hatte er immer eine alte Lehrertasche bei sich, aus der er nie etwas herausholte. Er machte sie auch niemals auf, wenn er bei uns war, stellte sie lediglich neben dem Pult ab. Er setzte sich auf seinen Stuhl und rührte sich bis zum Ende der Stunde nicht mehr vom Fleck.

Das ganze Schuljahr taten wir nichts anderes, als Listen von spanischen Wörtern zu lernen, die alphabetisch geordnet waren. Er las jedes Wort vor, wir mussten es nachsprechen und die französische Übersetzung danebenschreiben.

Dieser ungemein spannende und anregende Unterricht wurde nur von langen Diashows unterbrochen, bei denen er uns seine pittoresken Urlaubsfotos zeigte, die von der Kindheit bis ins Erwachsenenalter reichten. Die einzige lernrelevante Bedeutung dieser Fotos bestand darin, dass sie sämtlich in Spanien aufgenommen worden waren. Auf diese Weise gewannen wir einen gewissen Einblick in das Land. Einen geografischen Einblick: wo die Spanier ihre Ferien verbringen. Einen soziologischen Einblick: wie die Spanier sich in den Ferien verhalten. Einen kulinarischen Eindruck: was die Spanier in ihren Ferien essen. Einen modischen Einblick: wie sich die Spanier in den Ferien kleiden.

Und da die Fotos einen Zeitraum von über dreißig Jahren abdeckten, konnten wir auch die geografische, kulinarische und modische Entwicklung der Spanier durch die Zeit mitverfolgen.

Monsieur Gonzalez hatte ferner eine komische Angewohnheit. Wenn er sich die Nase putzte, stopfte er hinterher das Taschentuch in seine Socke. Als ich es zum ersten Mal mitkriegte, bekamen mein Tischnachbar Smaïn und ich einen Lachkrampf. Monsieur Gonzalez wurde wütend, aber wir konnten nicht mehr aufhören zu lachen und wanden uns regelrecht auf unseren Stühlen. Zur Strafe mussten wir nachsitzen.

Ein anderes Mal zog er ein Taschentuch aus seiner Socke, um sich zu schnäuzen. Wieder war es um uns geschehen, und wieder erhielten wir dieselbe Strafe.

Wie kam er nur zu dieser Marotte? Wir wagten nie zu fragen, ob das in Spanien so Brauch sei.

Unter den besiegten Kriegern gab es noch die traurige Variante der verrückt gewordenen besiegten Krieger. Vielleicht waren es die Schüler, vielleicht auch private

Erlebnisse, eine innere, erbliche Veranlagung, die sie in den Wahnsinn getrieben hatten.

Madame Mathé, unsere Lehrerin für Physik und Chemie, war eine furchterregende Person. Sie war wie ein kleiner Soldat, der in der Armee eine brillante Karriere hingelegt hätte. Klein und gedrungen, mit kräftigen Waden, breiten Schultern und einem dicken Muttermal auf der rechten Backe, dem drei drahtige Härchen entsprossen. Im festen Entschluss, uns zu zähmen und zu unterwerfen, wanderte sie durch die Reihen und murmelte in ihren Bart: Ich werde euch Gehorsam lehren. Sie musste irgendetwas über fünfzig sein. An ihren Fingern trug sie scheußliche dicke Silberringe, die sie als Folterinstrumente benutzte. Sie schlich durch die Tischreihen, und wenn einer von uns ein bisschen gekrümmt dasaß, piekte sie ihm einen ihrer Ringe in den Rücken, damit sich der arme Tropf aufrichtete. Hatte ein Schüler seine Schnürsenkel offen stehen, bekam er einen Ringschlag auf den Schenkel. Und wenn die Mädchen ihre Haare offen trugen, zog sie daran und schrie: Bind das zusammen, du bist hier in einem Schulzimmer, nicht in der Disko. Es war kein Physik- und Chemieunterricht, wir befanden uns in einer Besserungsanstalt für Schwererziehbare.

Einmal, als ich gerade damit beschäftigt war, den Tafelanschrieb in mein Heft zu übertragen, spürte ich sie hinter mir vorbeihuschen und in der nächsten Sekunde einen jähen Schmerz in der Mitte meiner Wirbelsäule. Ich schrie auf, weil es wehtat, und Madame

Mathé wurde wütend. Im Klassenraum wird nicht geschrien. Aber Sie haben mir wehgetan mit Ihrem Ring, Sie haben nicht das Recht, uns so zu schlagen. Ich schlage euch nicht, ich sorge dafür, dass ihr später keinen Buckel habt, junges Fräulein. Das ist mein Rücken und geht nur mich an. Darauf nahm sie mein Mitteilungsheft und forderte darin ein Elterngespräch ein.

Zu Hause erzählte ich alles meiner Mutter, die ziemlich aufgebracht war. Wir gingen gemeinsam zu dem Gespräch. Madame Mathé erklärte meiner Mutter ruhig, ich sei arrogant und aufmüpfig und würde in meinem späteren Leben die Folgen davontragen. Sie sagte auch, ich würde es nicht weit bringen, weshalb in meinem Fall vom allgemeinen Gymnasium abzuraten sei. Sie sprach dann noch von beruflichen Wegen nach der neunten Klasse und fügte hinzu: Ich habe Zweifel, dass Ihre Tochter je das allgemeine Abitur schafft.

Meine Mutter hörte sich den ganzen Mist schweigend an, dann gingen wir. Auf dem Heimweg meinte sie zu mir: Diese Frau ist krank, man muss Mitleid mit ihr haben.

Wegen Madame Mathé hasste ich meine ganze Schulzeit über Physik und Chemie. Als ich später die gymnasiale Oberstufe auf dem Lycée mit Auszeichnung abschloss, ging ich zu meinem alten Collège und hinterlegte im Sekretariat eine Kopie meines Abiturzeugnisses, auszuhändigen an General Mathé.

Monsieur Zedar lebte in einer Welt, in der ihn niemand mehr erreichen konnte. Sein Anblick war erbarmungswürdig. Er hatte Schorf im Gesicht, seine Haut schuppte sich, an manchen Stellen wuchs ihm ein Bart, an anderen wiederum nicht. Dazu kam eine Behinderung, die ihn merkwürdige Bewegungen mit den Fingern machen ließ, sie krümmten und schlossen sich unwillkürlich wie bei einer motorischen Störung; manchmal blieben auch Zeige- und Ringfinger beieinander, während die anderen Finger sich bogen. Seine Hände schienen unsichtbare Dinge einfangen zu wollen, schlossen sich krampfhaft, wobei das Handgelenk nach innen knickte. In jeder Unterrichtsstunde folgte mein Blick seinen Händen, und mein Herz krampfte sich zusammen wie seine Finger. Auch seine Gesichtszüge entglitten ihm, gelegentlich lugte ihm die Zunge aus dem Mund, und seine dicken Brillengläser – offenbar war er stark kurzsichtig – verliehen ihm Glupschaugen. Insgesamt hatte er etwas von einem Rind, das sich aus seiner Herde verirrt hatte. Er zwinkerte ständig mit den Augen, und beim Sprechen versprühte er Speichel. Keiner wollte in der ersten Reihe sitzen.

Er besaß einen Doktortitel und hatte sich gleich zu Beginn seiner Berufstätigkeit für das Unterrichten in der Prioritären Bildungszone entschieden. Er war unser Englischlehrer und beherrschte fünf Sprachen fließend.

Ich erinnere mich, dass er mir einmal einen Satz auf Persisch sagte. Ich war überrascht und erfuhr bei der Gelegenheit, dass er fließend Arabisch, Italienisch, Spanisch und Portugiesisch sprach und Grundkenntnisse in Persisch besaß.

Wir spürten, dass ihm das Leben nichts geschenkt hatte. Und auch wir schenkten ihm nichts. Wir rächten uns an ihm, ließen ihn für seine Hässlichkeit und seine Behinderung büßen. Aus reinem Sadismus, ihn noch mehr leiden zu sehen, trampelten wir über seine Verletzlichkeit, sprangen mit beiden Füßen auf sein Elend, so wie manche Kinder auf dem Pausenhof sich auf die Schwächsten stürzen.

Wir hatten ihn zur idealen Zielscheibe unserer Bösartigkeit auserkoren. Seine abstoßende Erscheinung machte uns zu Monstern. Manchmal, in seltenen Augenblicken, fuhr uns ein Schuldgefühl wie ein Stich ins Herz, ein kläglicher Rest von Menschlichkeit. In solchen Momenten bereuten wir unser Verhalten. Was hatte er uns getan? Nichts. Er war großmütig, freundlich, zart.

Wir bewarfen ihn mit nassem Klopapier. Wir holten das Papier während der Pause von der Toilette und befeuchteten es im Unterricht mit einer Wasserflasche. Dann zählten wir bis drei und warfen das zusammengeknüllte Geschoss auf ihn. Es lag überall im Raum verteilt, klebte an der Tafel, an den Wänden, am Pult, auf dem Boden und an Monsieur Zedar. Manchmal hingen Fetzen in seinem Haar, an seinem Pulli, seiner Hose. Einmal landete etwas Papier auf seiner Brille, und wir schrien im Chor: Woooow, Volltreffer!

Während seiner Unterrichtsstunde sangen wir laut vor uns hin. Ahmten Tiergeräusche nach. Legten Musik auf. Rangelten und rauften. Warfen mit Stiften. Veranstalteten Wasserschlachten. Nie gab es auch nur eine ruhige Sekunde in Monsieur Zedars Unterricht.

Dabei verlangte er durchaus von uns, still zu sein, ja, er schrie so laut »Ruhe«, dass es ihm die Stimmbänder ruinieren musste. Doch er blieb unhörbar. Die Englischstunde war für uns die Verlängerung der großen Pause. Wir waren in einen Käfig eingeschlossene wilde Tiere und er ein unerfahrener Dompteur ohne den Hauch einer Chance.

Der schlimmste Moment, an den ich mich erinnere, war, als er einen Schüler an die Tafel holte, der dort eine Aufgabe lösen sollte. Unterdessen trommelte die halbe Klasse einen wilden Schlagzeugrhythmus auf die Tische, während sich eine andere Gruppe mit einem Loch in der Wand befasste, das sie zu vergrößern gedachte, indem sie mit Zirkel und Lineal darin herumschabte. Der Schüler an der Tafel hieß Thomas, ein netter, eher schüchterner Junge, der allerdings nicht besonders schnell von Begriff war.

Monsieur Zedar versuchte ihm schon zum fünften Mal die Aufgabenstellung zu erklären, und Thomas blickte ihn reglos an wie ein Karpfen – dies alles unter dem lauten Getöse brasilianischer Samba-Rhythmen, die wir begeistert vor uns hin trommelten –, als auf einmal die andere Gruppe aufjubelte, weil ein großes Stück Putz von der Wand abgefallen war. Und da verlor er die Nerven. Er verpasste dem armen Thomas eine Ohrfeige.

Für einen Moment fror die ganze Szene ein. Als hätte jemand auf den Stoppknopf gedrückt, war plötzlich alles still. Wir hielten den Atem an, Thomas sich die Wange. Wenige Sekunden später ertönte die Pausenklingel, aber keiner rührte sich. Smaïn durchbrach das Schweigen, indem er rief: He, Monsieur, so was dürfen Sie gar nicht. Der Lehrer blickte Thomas an und stammelte ein paar Worte der Entschuldigung.

Am nächsten Tag sah man Thomas' Eltern vor der Tür des Rektors warten.

Unseren Englischlehrer bekamen wir eine Woche lang nicht zu Gesicht, dann kehrte dieser Märtyrer in den wilden Dschungel des Collège zurück.

Wie war er nur an diesen Ort geraten? Warum machte er das mit, unter diesen Bedingungen zu unterrichten? Am Ende der neunten Klasse fragte ich ihn danach, weil ich wusste, dass ich ihn nicht wiedersehen würde; es war eine Frage, die mich seit der ersten Stunde bei ihm umgetrieben hatte.

Und so lautete seine Antwort: Ich mag die stürmische Jugend, sie steckt voller Verheißungen.

Einmal spielten wir als Kinder eine ulkige Art von Fußball. Wir hatten mit Kreide einen großen weißen Kreis auf die Tür jenes Waggons gezeichnet, der mitten auf einem Platz zwischen den Blocks mit Sozialwohnungen stand. Es galt, mit dem Ball genau in den Kreis auf der Tür zu treffen.

Wir fanden das lustig, dieser alte Waggon am Ende einer winzigen Bahnstrecke. Es war ungewöhnlich und originell – für uns der ideale Spielplatz.

Wir waren Kinder, höchstens zehn Jahre alt, und wollten einfach nur spielen.

Plötzlich tauchte eine ältere Dame auf, die ihren Gehstock schwang und anfing, uns zu beschimpfen. Sie nannte uns kleine Idioten, die vor nichts Respekt hätten, ignorante Dummköpfe, da könne man doch nicht spielen, wir müssten Respekt zeigen. Uns amüsierte es, wie sie so aus dem Nichts aufgetaucht war, mit ihrem Stock wedelte und komische Sachen schrie, die wir nicht verstanden; ein paar meiner Freunde mussten heftig kichern. Und da explodierte sie, kam mit aufgerissenen Augen auf uns zugewackelt, ihren Stock wie ein Schwert gegen uns gerichtet, und schrie uns noch lauter an, das würde das Andenken all dieser Toten beschmutzen. Sie rief immer wieder: Die Toten, versteht ihr, all die Toten, Kinder wie ihr, alle tot, Kinder, die hier gespielt haben wie ihr und die gestorben sind. Wir sahen, wie ihre Augen rot und nass wurden, hörten, wie ihre Stimme zitterte, jedes Wort war wie ein Porzellanfigürchen, das sie vor unseren Füßen zu Boden schmetterte, vor unseren abgenutzten Turnschuhen, an denen sich vom vielen Kicken schon die Sohle löste.

Jetzt war keinem von uns mehr nach Lachen. Wer war denn gestorben? Wir begriffen nichts. Was waren das für tote Kinder? Wovon redete sie? Dann entfernte sie sich, immer noch unter wütendem Schimpfen, während wir wie angewurzelt mit unserem Ball und unserem Unverständnis dastanden und ihr nachsahen. Ab und an drehte sie sich noch einmal um, und nach und nach verebbte ihre Stimme zu einem undeutlichen Geräusch, einem unhörbaren Ton, einem Schrei an der Spitze eines Gehstocks, den wir noch von fern durch die Luft schwingen sahen.

VI

Die Hochburg

Die Irren von Drancy

Verrückte gab es reichlich in Drancy. Wie die dem Wahnsinn verfallenen besiegten Krieger hatten auch andere Menschen, denen man in dieser Stadt begegnete, aus irgendeinem Grund den Bezug zur Realität verloren, waren abgehoben in eine undurchschaubare Welt, deren Gesetze allein sie kannten. Die öden Straßen mit den brav aufgereihten Familienhäuschen, die Langsamkeit des Lebens, die Straßenlaternen, die nachts die verlassenen Gehwege beleuchteten, die sommers wie winters gleich bleibende Stadt, die früh schließenden Lokale, die leblosen, altmodisch ausgestatteten Cafés, in denen es nach Bier und abgestandener Luft roch, das Ewiggleiche und die Stille oder auch das, was man das Trauma der Ereignislosigkeit nennt, hatten Tag für Tag diese bizarren Figuren geformt. Drancy war der Mutterleib, der diese Irren hervorgebracht hatte.

Wenn ich auf den falschen Busfahrer der Linie 148 stieß, die von Bobigny nach Le Blanc-Mesnil fuhr, bekam ich jedes Mal einen Heidenschreck.

Es war der Bus, mit dem ich zur Endhaltestelle Bobigny – Pablo Picasso fuhr, wenn ich in die Metro nach Paris umsteigen wollte.

Ich wartete auf den 148er an der Haltestelle Normandie-Niémen, an der Stadtgrenze von Drancy. Dort war in der Mitte des riesigen Platzes eine scheußliche Skulptur errichtet: eine Scheibe, die von zwei Bögen umgeben war, von denen einer in der Scheibenmitte mündete und der andere sich zum Himmel reckte. Es sah aus wie eine Figur mit kreisrundem Bauch, krummen O-Beinen und hochgerecktem Arm.

Vor dem Einsteigen warf ich einen kurzen Blick in den vorderen Busteil, um zu sehen, ob er da war. Er saß immer dicht bei der Fahrerkabine. Wie die offiziellen Mitarbeiter des Pariser Nahverkehrs RATP trug er die typische kakifarbene Hose und Jacke, dazu das beige Hemd. Auch eine entsprechende Schultertasche trug er bei sich. Als ich ihn das erste Mal bemerkte, dachte ich, es sei ein Kollege, der den Fahrer begleitete. Er war ein kleiner stämmiger Mann mit Stirnglatze, und seine Tasche sprang bei jedem Wagenstoß auf seinem Bauch herum. Ich setzte mich auf einen der vorderen Plätze, und der Bus fuhr ab. Bei der nächsten Haltestelle runzelte der Mann, den ich für einen RATP-Mitarbeiter gehalten hatte, die Stirn, warf sich in die Brust und begann die Fahrgäste anzuschreien. Ein höchst seltsamer Laut drang aus seinem Mund, wie der Ruf einer geistesgestörten Nachtigall oder der Schrei einer betrunkenen Eule, es klang wie ein endloses schrilles Ulululuuuu. Und der verrückte Vogel begann an die Scheibe der Fahrerkabine zu klopfen.

Er fixierte uns mit seinen stechend blauen, kleinen Augen, die einen Abgrund offenbarten, in dem fürchterliche Dämonen ihr Unwesen trieben. Dann verstummte er plötzlich. Der Fahrer sagte nichts, war nur zu Beginn leicht zusammengezuckt; offenbar kannte er diesen Auftritt bereits.

Ich war wie gelähmt vor Schreck, hatte Angst, der Mann könnte anfangen, uns zu schlagen. Ich raffte meine Sachen zusammen und verzog mich schnell in den hinteren Teil des Busses.

Die meisten Fahrgäste ließen sich nichts anmerken. So ist es immer. Man tut, als würde man die Verrückten nicht bemerken, als wären sie unsichtbar.

Ich fragte mich, was wohl mit ihm passiert war. Vielleicht war er früher einmal Busfahrer gewesen und hatte seine Uniform behalten?

Wenn ich ihn in der Folge wiedersah, wählte ich gleich einen Platz hinten im Bus und beobachtete ihn aus der Ferne. Er ruckte mit dem Kopf wie ein Vogel, wandte ihn in jähen Bewegungen zur Seite oder von oben nach unten, während er die zusteigenden Fahrgäste nicht aus den Augen ließ.

Sobald jemand seinen Fahrschein nicht abstempelte oder seine Dauerkarte nicht vorzeigte, stieß er sein Ululululuu aus. Vielleicht war er ja tatsächlich ein Kontrolleur gewesen, ein Kontrolleur, der sich seine Aufgabe etwas zu sehr zu Herzen genommen hatte. Er kontrollierte immer weiter. Konnte nicht mehr aufhören zu kontrollieren.

Wenn der Bus die Endhaltestelle erreicht hatte, stieg der gute Mann zusammen mit allen anderen aus und drehte sich einmal im Kreis, bevor er wieder in einen 148er-Bus stieg und die Fahrt in Gegenrichtung absolvierte, und so immer weiter und immer weiter.

»Ich war Kapitän, ein richtiger Kapitän auf einem richtigen Schiff, und auf hoher See, das ist kein Zuckerschlecken, das kann ich euch flüstern. Jetzt bin ich Kapitän von Drancy, und ihr könnt mich alle mal.« Niemand nahm ihn ernst. Keiner hörte ihm zu.

Der Kapitän von Drancy war ein schmuddeliger alter Stadtstreicher, heruntergekommen, hässlich und immer am Grummeln. Er zog einen Einkaufswagen hinter sich her, der mit allem vollbeladen war, was die Menschheit in den vergangenen Jahren weggeworfen hatte, kaputte Gegenstände, zerrissene Stoffe, abgelaufene Lebensmittel, undichte Taschen.

Auch Altmetall war darunter, rostiges Werkzeug, nicht näher zu bestimmende Gerätschaften, schmutziges Gerümpel, das ihm offenbar lebenswichtig war. Ich sah ihn nie ohne seinen Wagen. Er war alles, was er noch hatte. Sein Einkaufswagen war sein Zuhause, seine Stütze, seine Identität, seine Heimat. Ich war mir sicher, dass er mit all den Dingen sprach wie mit Familienmitgliedern.

Es verursachte ein lautes Geratter, wenn er seinen Wagen zog. Eine der Rollen war kaputt, darum musste er ihn mit Gewalt ziehen. Manchmal fiel der

Wagen um, wenn er über eine Unebenheit holperte, oder er blieb in einem Schlagloch stecken oder versagte auch ohne jedes Hindernis. Dieser Einkaufswagen war überfordert damit, all die Aussonderungen und Abfälle der ganzen Welt zu transportieren. Er kapitulierte, knickte ein, gab mitten auf der Straße den Geist auf. Er wünschte sich ein anderes Leben, wäre lieber auf neuen Rollen durch die glatten, endlos mäandernden Gänge einer großen Supermarktkette mit leuchtendem Reklameschild geglitten. Er kippte um, und vor meinen Augen breitete sich die ganze Conditio humana auf dem Asphalt aus. Es war beinahe obszön. Als erhielte man Einblick in den Bauch eines Kadavers.

Ich sah den Kapitän die Menschen beschimpfen, sein Schicksal verfluchen, den ganzen Krempel geduldig in den Wagen zurückstopfen und weiterziehen, wobei er – letzte Zuckungen seiner Wut – noch etwas Unverständliches vor sich hin brummte.

Ich war gleichzeitig abgestoßen und fasziniert. Ich wollte gerne seiner Geschichte glauben, dass er ein echter Schiffskapitän gewesen war.

Als Kapitän eines stattlichen Schiffs, das Wind und Wellen trotzte, stellte ich ihn mir stark und schön vor, mit grau meliertem Vollbart, wild von den Stürmen zerzaustem Haar und einer Donnerstimme, die der Mannschaft dröhnend Befehle erteilte. Alle gehorchten ihm, weil alle ihn fürchteten. Ich stellte ihn mir herrisch, verrückt und entschlossen vor wie Kapitän Ahab, der mit Stolz und Eigensinn Moby Dick verfolgte. Überall auf der Welt warteten Frauen auf ihn. Schmachtende, geduldige und manchmal wider Willen untreue Penelopes. Ich stellte mir seinen Triumph vor, wenn er das Festland erreichte. Er hatte seine Mission vollbracht und konnte nun ausruhen, um gestärkt auf neue Fahrt zu gehen.

Seine sonnenverbrannte Haut hart und ledrig, sein Haar von der Salzluft ausgetrocknet, seine roten Augen brennend vor Besessenheit, wieder in See zu stechen, durch die Wellen zu pflügen, dem weiten Horizont entgegen. Seine Hände, die mit einer Wucht an den Segeltauen ziehen, dass es in Haut und Sehnen einschneidet, dazu sein offenes, schallendes Lachen eines starken, freien Mannes.

Eines Nachmittags sah ich ihn vor dem Brunnen auf dem Rathausplatz auf dem Boden liegen. Mitten auf dem Asphalt, neben ihm sein Einkaufswagen, mit dreckiger Hose und einem geflickten Mantel, der ihm um die Schultern schlackerte.

Der Rathausplatz war sein Hauptquartier. Es war ein praktischer Ort, dort konnte er auf den Bänken der kleinen Grünanlage schlafen, sich mit dem Brunnenwasser das Gesicht waschen, die Kartonagen oder Plastikverpackungen der vielen Händler einsammeln, und wenn ihm nach Natur war, lag direkt gegenüber der Parc Duclos. Dieser Park, in dem ich mit meinen Freunden herumlungerte, wurde einige Jahre und eine Stadtverwaltung später in Parc de Ladoucette umbenannt. Die neue Verwaltung hat an dem Platz auch eine De-Gaulle-Statue errichtet, eine etwa drei Meter hohe Bronzestatue. Mit ausgebreiteten Armen und offenen Händen scheint der General auf einen zuzulaufen, als wollte er sagen: Ich bin da, ich beschütze euch.

Aber an jenem Tag gammelte lediglich der Kapitän von Drancy auf dem Platz herum, und keiner hatte Lust, sich ihm zu nähern.

Er war mir unheimlich. Als ich das Rattern seines Einkaufswagens hörte, blieb ich augenblicklich stehen, um zu schauen, wo er sich befand, denn ich wollte ihm aus dem Weg gehen. Wollte nur einen Blick auf ihn erhaschen, einen kurzen, verstohlenen, flüchtigen Blick, und dann das Weite suchen. Doch ich rührte mich nicht von der Stelle, sondern blieb wie gebannt stehen.

Eine Angst fuhr mir in die Eingeweide.

Die Angst, so zu enden wie er.

Auch in der Gaston-Roulaud-Siedlung gab es eine Person, die für ihre Wahnzustände bekannt war. Die Irre vom Gebäude D. Sie wohnte allein mit einer Schar Katzen in ihrer Sozialwohnung. Man erzählte sich, die Katzen würden in der 30 m^2 kleinen Bude überall hinpissen und hinkacken. Die Nachbarn beschwerten sich regelmäßig über den Gestank. Aber das Sozialamt hatte anderes zu tun, als sich um die Frau zu kümmern. Sie war um die sechzig und lebte schon seit über zwanzig Jahren in der Siedlung. Ihren spindeldürren Körper hüllte sie in rissige, geflickte Damenkleider von zweifelhaftem Weiß. Ihre grauen Haare klebten ihr am Schädel und reichten ihr bis zur Taille. Manchmal trug sie Henna auf, dann leuchteten ihre Haare in Orange, was ihren Anblick noch verstörender machte. Zum Glück hatte sie ihre Katzen, die ihr Gesellschaft leisteten. Niemand klingelte an ihrer Tür, niemand redete mit ihr oder fragte nach ihr. Man sah sie nie mit einem anderen Menschen. Sie schien eine gravierende, höchste Form von Einsamkeit erreicht zu haben. Wie ein Schatten wandelte sie durch die Siedlung, schwebte wie ein Geist fast über dem Boden. Manchmal verließ sie das Haus mit Plastiktüten voll ranzigem Brot, das sie für die Tauben der Siedlung stundenlang in Stückchen zerzupfte. Die Vögel flatterten über ihr, kreisten um sie, schlugen aufgeregt mit den Flügeln und ließen sich für kurze Augenblicke auf ihrer Hand oder ihrer Schulter nieder. Sie blieb unbewegt stehen wie eine steinerne Statue, eine seltsam verkümmerte, runzelige Venus, deren einstige Schönheit so verblasst war wie diese Tauben vor einem grau verhangenen Himmel.

Nie gab sie irgendeinen Laut von sich, nur von Zeit zu Zeit bekam sie einen ihrer Anfälle, und die waren aufsehenerregend.

Eines Tages unterhielt ich mich mit ein paar Freunden auf dem Spielplatzgelände zwischen den vier hohen Wohnblocks der Siedlung. Der für Kinder konzipierte Platz missachtete sämtliche Sicherheitsstandards, jedes Kind konnte dort sein Leben verlieren. Die Rutsche war extrem steil und endete auf betoniertem Boden. Die Seile des Kletternetzes waren stellenweise zerrissen oder so weit zerfasert, dass sie jeden Moment reißen konnten. Im Sandkasten war mehr Hundescheiße als Sand, und der den Platz säumende »Rasen« ähnelte der Haut eines räudigen Schafs. Wir saßen auf einer der Metallbänke bei der betongrauen Tischtennisplatte, als wir gellendes Geschrei hörten.

Die Irre vom Gebäude D kam völlig ohne Kleider kreischend angelaufen. Sie war splitterfasernackt, ihre Brüste erinnerten an lange Gewürzgurken, und ihr Geschlecht sah aus wie eine große Dörrfeige. Sie fuchtelte mit den Armen und schrie: Feuer, Feuer, Feuer, man hat mein Heim in Brand gesteckt. Sie drehte sich um sich selbst, sodass ihr das offene lange Haar ums Gesicht peitschte, sich wie ein Seil um ihren Hals wand. Wir blickten hoch zu ihrem Fenster, wo nicht der geringste Rauch zu sehen war. Daraufhin begann sie sich im Gras zu wälzen, und im nächsten Moment krampfte sie sich zusammen und zuckte mit dem ganzen Körper, als hätte sie einen epileptischen Anfall.

Die vor den Wohnblocks herumlungernden Jugendlichen lachten sich krumm, auch meine Freundinnen kicherten, und in den Fenstern tauchten ein paar Neugierige auf, alle sahen der armen Frau zu. Schließlich kamen Feuerwehrleute und trugen sie auf einer Bahre davon.

In der Siedlung sah man sie nicht wieder. Freundinnen von mir, die im selben Gebäude wohnten, erzählten mir, ein junges Paar sei in die Wohnung der Frau gezogen. Als die städtischen Reinigungskräfte kamen, um die 30 m^2 zu putzen, hatten sie dort an die zwanzig Katzen entdeckt, die in einem stechenden Geruch nach Tier, Urin und verdorbenem Futter zusammengerollt vor sich hin vegetierten.

Die heilige Rita

Rita Da Costa war die Mutter eines Freunds von mir, Lionel. Er war der einzige Junge, dem ich mich verbunden fühlte und der sich nicht über mich lustig machte; und auch wenn ich wusste, dass die Freundschaft zwischen einem Mädchen und einem Jungen, zumal in unserem Alter, etwas Uneindeutiges haben konnte, war die unsere noch frei von solchen Fragen.

Seine Mutter litt seit einigen Monaten an einer Depression. Wenn ich Lionel in der Pierre-Sémard-Siedlung besuchte, schaute ich immer bei ihr vorbei, um sie zu grüßen. Sie war dauerhaft bettlägerig. Ich klopfte an die Tür ihres Zimmers, und sie bat mich mit schwacher Stimme herein. Ich setzte mich auf ihren Bettrand. Sie trug einen rosa Schlafanzug mit weißen Blümchen, hatte ungekämmtes oder lose mit einem Gummi zurückgebundenes Haar. An der Wand gegenüber dem Bett hing ein riesiges hölzernes Kreuz, bestimmt 1,50 m lang.

Auf ihrem Kleiderschrank saßen an die zehn Porzellanpuppen, die mich mit ihren kleinen Augen ansahen. Es war ein Teil ihrer Sammlung, die sie über die ganze Wohnung verteilt hatte. Wir wechselten ein paar belanglose Worte, dann fing sie an zu weinen. Sie sagte, sie habe keine Freude mehr am Leben.

Rita hatte zunächst in Privathaushalten als Putzhilfe gearbeitet, anschließend in der Ausgabe von Schulkantinen. Sie hatte ihr Leben lang andere bedient und hörte nicht auf zu wiederholen, dass es völlig umsonst gewesen sei. Ich fühlte ihren Kummer, ihr verzweifeltes Bedürfnis nach Trost.

Eines Tages sagte sie zu mir: Weißt du, meine Krankheit, in meinem Kopf, das kommt von dieser Ausbildung; die hätte ich nie machen sollen.

Zwei Jahre zuvor hatte sie eine Ausbildung zur Gastgewerbefachkraft begonnen, von der sie sich ein berufliches Weiterkommen und mehr Kenntnisse in der Bestellabwicklung, der Vorratsverwaltung, den Hygiene- und Sicherheitsbestimmungen versprach. Sie war glücklich, etwas zu lernen, und stolz darauf, sich beruflich zu verbessern. Ihre Ausbildung half ihr, die richtigen Fragen zu stellen und in den bislang mechanisch ausgeführten Handgriffen einen Sinn zu erkennen. Zum ersten Mal plante sie in die Zukunft und gewann das Gefühl, jemand zu sein.

Ihre Kolleginnen waren eifersüchtig geworden und reagierten mit Häme und Verachtung. Sie mokierten sich über ihren Lerneifer und hatten nur Spott übrig, wenn Rita erklärte, dass die Eier mit der Spitze nach unten gelagert und die Butter doppelt verpackt, außerdem fern von geruchsstarken Lebensmitteln aufbewahrt werden müsse und die Kühlschranktemperatur nicht über 3 °C betragen dürfe.

Hältst dich wohl für den großen Boss? Glaubst du etwa, du bist in der Küche vom Ritz gelandet? Guckt sie euch an, macht hier einen auf scheißwichtig und bildet sich wegen ihrer blöden Ausbildung sonst was ein.

Jede verächtliche Bemerkung setzte ihr mehr zu, mit der Zeit wurde daraus eine regelrechte Wunde, und aus der Wunde ein großes Loch, in das sie hineinfiel.

Das kommt von dieser Ausbildung, ich weiß es. Die waren neidisch, weil ich Dinge lernte, von denen sie keine Ahnung hatten. Immer wieder fing sie davon an, bis ans Ende ihrer Tage, und kam nie wieder da raus. Die Gehässigkeit ihrer Kolleginnen und die Antidepressiva brachten sie um. An einem Samstagnachmittag, als sie mit ihrem Mann im Supermarkt Carrefour einkaufen war, sackte sie vor dem Milchregal zusammen und stand nie wieder auf. Ein tiefes Koma, dann der Tod.

Lionel bat mich, ihn ins Hôpital Jean-Verdier zu begleiten, wo man sie vor der Einsargung ein letztes Mal sehen konnte. Ich fürchtete mich ein wenig davor. Mit meinen fünfzehn Jahren hatte ich noch nie eine Leiche gesehen, aber da er mein Freund war, konnte ich es ihm nicht abschlagen.

Auch seine ältere Schwester und sein älterer Bruder waren dort. Wir warteten in einem leeren, kalten

Saal, dann kam ein Mann mit einer Rollbahre, auf der Rita lag. Man hatte sie zurechtgemacht. Sie trug ein dunkelblaues Kleid mit goldenen Knöpfen, war frisiert und geschminkt, ihre Lippen und Lider zugeklebt. Ich nahm einen seltsamen Geruch wahr. Später erfuhr ich, dass es sich um Formalin handelte. Aber ich roch noch etwas anderes. Es war ein Geruch, den ich in den Ferien in Les Étangs d'Attin wahrgenommen hatte, als mein Bruder und ich einen toten Igel entdeckt hatten. Er war bereits im Zustand der Zersetzung, und unzählige weiße Würmchen krochen aus seinem Bauch. Das war es: ein leichter Aasgeruch. In diesem Augenblick empfand ich ein unfassbares Mitleid für Rita. Man hatte sie angekleidet, herausgeputzt und geschminkt wie die Puppen aus ihrer Sammlung, doch sie roch nach Verwesung.

Ich brachte es nicht fertig, mich ihr zu nähern, wie ihre Kinder es taten. Sie berührten ihre Hände, ihren Kopf; ihre Tochter küsste sie sogar auf die Stirn. Ich war äußerst verlegen, fühlte mich wie eine ungebetene Zuschauerin. Es stand mir nicht zu, sie so zu sehen. Am liebsten wäre ich gegangen, aber ich sagte kein Wort. Wartete nur ab und war da für meinen Freund, der leise weinte.

Als wir nach draußen kamen, holte ich tief Luft. Ich atmete tief die verschmutzte Luft der Route Nationale 3 ein, die von Pantin nach Villeparisis führt, die Seine und die Marne überquert und in Meaux mündet. Doch auch der Gestank von Abgasen, Benzin und Feinstaub, von Abfällen und dem Frittierfett der Imbisslokale konnte nicht den Geruch nach Formalin und Tod vertreiben. Ich hatte ihn in der Nase, er saß dort fest.

Die anderen boten mir freundlich an, mich nach Hause zu fahren, aber ich lehnte ab.

Ich lief die Route Nationale entlang bis zu der Brücke, auf der die Straßenbahn fährt, dort stieg ich ein und fuhr zum Einkaufszentrum Bobigny 2, wo ich schnurstracks zur Parfümerie Marionnaud eilte, mir den nächstbesten Duft unter die Nase hielt und heftig daran schnüffelte. *La Vie est belle* von Lancôme.

Die Eintönigkeit der Schule. Die Langeweile zu Hause. Die Ödnis in der Stadt. Überall umgab mich dieses vage, unausgesprochene Gefühl, das mir die Luft abschnürte.

Eine Möglichkeit, der Ödnis zu entgehen, war das Dazwischensein. Das Versteckspiel mit Etiketten, Identitäten, Rollen.

Eine gute Schülerin, aber befreundet mit den Versagern.

Ein Banlieue-Mädchen, aber ständig in Paris unterwegs.

Eine sich entwickelnde Frau, aber in Jungsklamotten.

Irgendwann wird man mir erzählen, dass das Exil einen aus der Bahn werfe. Dass das Exil ein ständiges Austarieren mit sich bringe, den Versuch, sich im Gleichgewicht zu halten wie ein Seilakrobat zwischen zwei Hügeln, zwischen nirgends und woanders.

Dort sein, wo man mich nicht erwartet.

Nicht dort sein, wo ich erwartet werde.

Nie festgelegt, immer knapp daneben, ein treibendes Boot, das nicht weiß, wo es anlegen soll, das vergeblich dem Gesang der Sirenen folgt, den ich irgendwo in meinem Kopf selbst komponiert habe.

Ich hatte keine Ziele, wollte nur weg, aufbrechen, mich losreißen, den Anker lichten, die Wurzeln lösen, mein Zuhause woandershin verlegen, mit der Illusion ringen, frei zu sein.

Ich werde Drancy verlassen, um nach Paris zu ziehen. Ich werde Paris verlassen, um nach Peking zu ziehen. Ich werde Peking verlassen, um nach Istanbul zu ziehen. Ich werde Istanbul verlassen, um nach Paris zurückzukehren. Ich werde Paris verlassen, um nach Drancy zurückzukommen.

Odysseus ist wieder da. Zwischen Abreise und Ankunft bin ich im Glauben, der Ödnis zu entfliehen, lediglich mir selbst entflohen.

VII

Eroberung

Robine Hood

Lange Zeit empfand ich in der Schule nur Langeweile. Den Füller in der einen Hand, das Kinn in die andere Hand gestützt, starrte ich auf die große weiße Tafel und projizierte darauf meine Sitcom-Szenen, in denen ich mit Brenda plauderte, mit Michael Jackson tanzte und Kevin Costner zu den Tönen von Whitney Houstons *I will always love you* auf den Mund küsste. Auf der weißen Tafel vollzog sich meine Flucht aus der Klasse, aus dem Collège, aus der Banlieue, aus der mich umgebenden Welt.

Ich ruhte mich darauf aus, dass mir die Schule leichtfiel. Da das allgemeine Niveau der Klasse schwach war, würde ich mit ein bisschen Fleiß und Beharrlichkeit jährlich zu den drei Klassenbesten gehören.

Ich tat mich mit den Rebellen und Unruhestiftern zusammen, mit den Schlawinern und Schlusslichtern, die in der letzten Reihe saßen, in der Kunst der Witzelei brillierten und mich zum Lachen brachten. Sie besaßen einen scharfsinnigen schwarzen Humor und eine Außenseiterattitüde, die nichts auf Autoritäten gab. Dafür bewunderte ich sie.

Ich war zwar eine sehr gute Schülerin, aber ich war keine Streberin, und darum zirkulierten bei Tests und

Klausuren meine beschriebenen Blätter durch die Klasse. Ich steckte den anderen auch meine Hausaufgaben zu, sodass sie sie einen Tag vor der Abgabe noch rechtzeitig abschreiben konnten. Es machte mir nichts aus, ihnen meine Lösungen zu liefern, schließlich gehörte mir das Wissen nicht allein. Noten waren nur dazu da, gute Bewerbungsunterlagen zusammenzukriegen, damit man irgendwann auf die andere Seite der Pariser Ringautobahn gelangte.

Ich war eine Robine Hood des Schulwesens. Eine Kommunistin des Wissens. Ich gab großzügig ab, verteilte es an jene, die es nötig hatten. Hier, nehmt, das ist umsonst, und wenn es den Durchschnitt anhebt, umso besser.

Die Lehrer bekamen es natürlich spitz, und wir mussten alle nachsitzen. Eine Stunde mehr im Collège mit meinen Kumpels, in der wir die Aufpasser in den Wahnsinn trieben, machte mir freilich nichts aus.

Ich war auch gewieft im Schummeln. Wenn mich ein Thema nicht interessierte, entwickelte ich wahre Hochstaplertalente. Eine gute Note einzustreichen, ohne sich mit dem sinnlosen Lernstoff abzuquälen, erschien mir nur logisch.

Ich mogelte munter in Mathematik, Technik, Physik und Chemie. Diese Fächer hasste ich seit je, und solche belanglosen Stoffe brav zu pauken, kam für mich nicht infrage.

Auch meine Spickzettel kursierten in der Klasse. Kleine zusammengerollte Papierchen, die in der Füllerkappe steckten; ein Lineal, auf dessen Rückseite das Periodensystem der Elemente klebte; breite Armreife mit Matheformeln in der Innenseite.

Am Ende verbrachte ich mehr Zeit damit, mir ausgefeilte Schummelmethoden auszudenken, als damit, die betreffende Lektion zu lernen.

Ich hielt mich fern von jenen Mitschülern, die wir die »Vollpfosten« nannten. Sie saßen bei jedem Unterricht in der ersten Reihe. Ihre Nachnamen waren originalfranzösisch. Sie trugen Brillen und gebügelte, saubere Klamotten. Wir nannten sie auch die »kleinen Toubabs«.

Mich störte nicht ihr Aussehen oder ihr Outfit – meines ließ ja ebenso zu wünschen übrig –, nein, was ich an ihnen nicht mochte, war, wie sie während der Tests ihre Antworten verdeckten. Sie legten ihren Arm wie ein Bollwerk um das Blatt, in meinen Augen ein klares Zeichen von Geiz und Egoismus. Sie schützten ihr popeliges Wissen, wie andere ihr Geld beschützen. Dieses übertriebene Besitzdenken war mir suspekt, zumal sie oft nur mittelmäßige Noten hatten. Sie scheuten sich nicht davor, Mitschüler bei den Lehrern zu verpfeifen. Sie meldeten sich, um zu sagen: Monsieur, der Soundso schreibt von mir ab. Madame, der Soundso schummelt die ganze Zeit. Petzer waren und sind mir zuwider. Sie zeigten eine unheimliche Ehrfurcht vor Autoritätspersonen, dem Rektor, den Lehrkräften, ihren Eltern. Sie gehorchten einfach, Schluss.

Sobald sich eine Gelegenheit bot, zahlte meine Clique es ihnen mit kleinen Gemeinheiten heim. Dem einen mopsten wir das Mäppchen, einer anderen versteckten wir die Brille, wieder einem anderen klebten wir Kaugummi auf den Stuhl; wir leerten Tintenpatronen in ihre Schultaschen oder verpassten einem Vollpfosten, der direkt vor uns saß, während des Unterrichts Klapse auf den Hinterkopf, bis er anfing zu heulen. Seine Tränen stillten unseren Rachedurst, und für ein paar Stunden ließen wir voller Genugtuung von ihm ab. Wir hatten die Vollpfosten auf dem Kieker, weil sie etwas hatten, was wir nie haben würden: einen französischen Namen, der sie beschützte.

Typveränderung

Die Blicke, mit denen meine Mitschüler im Collège mich bedachten, machten mir allmählich zu schaffen. Ich wollte ein Image loswerden, das an mir haftete und mir gar nicht mehr entsprach. Das hässliche, behaarte, nicht sehr weibliche junge Mädchen, das seinen Körper unter unförmigen, weiten Sachen versteckte und stets mit Jungen herumhing, da es in ihnen keinerlei Begehren weckte. Irgendwann war ich diese kumpelige Kameradschaft leid, die zwischen den Jungs und mir entstanden war. Wenn wir uns auf den Schulfluren begegneten, gaben sie mir eine Kopfnuss, knufften mich in die Seite, gaben irgendein Gefrotzel zum Besten, packten mich wie ihre anderen Kumpane im Genick.

Es war, als wäre ich ein geschlechtsloses Wesen. Allmählich wurde es kränkend.

Ich ahnte undeutlich, wenn ich so werden wollte, wie mir vorschwebte, musste ich von hier weg. Doch für den Augenblick befand ich mich noch auf dieser Schule in der Banlieue, und so wollte ich meine Verwandlung vor aller Augen Stück für Stück vollziehen.

Ich hatte zaghaft begonnen, mich anders zu kleiden. Es war ratsam, die Sache langsam anzugehen, denn mit einem zu schnellen Wandel würde ich nur lauter Gespött ernten.

Mit Sneakern und Jogginghosen war es nun jedenfalls vorbei. Neuerdings trug ich Jeans, die sich etwas mehr an meinen Körper schmiegten, und falsche Doc Martens, die ich auf dem Markt in der Avenue Henri Barbusse gekauft hatte, am Stand eines fünfzigjährigen Kabylen und seines Sohns. Meine falschen Doc Martens machten sich richtig gut. Sie hatten diese leicht hochgebogenen Stahlkappen an den Zehen.

Als ich sie das erste Mal trug, guckte Smaïn, der immer genüsslich über andere herzog, verdutzt auf meine neuen Schuhe, ohne etwas zu sagen, bevor er ein Grinsen zeigte, das darauf hindeutete, dass er den perfekten Kommentar gefunden hatte. Er rief in meine Richtung: He! Washing Machine hat neue Schuhe, sieht aus wie Charlie Chaplin! In der vorangegangenen Woche hatte unsere Englischlehrerin uns einen Ausschnitt aus *Moderne Zeiten* gezeigt.

Das war gar nichts, das konnte ich ab. Übrigens war ich ein echter Chaplin-Fan; mein Bruder und ich guckten uns alle seine Filme an und lachten uns schief, so wie Smaïn beim Anblick meiner Schuhe.

Ich konnte das ab, doch in den folgenden Tagen wagte ich meine neuen Lieblingsschuhe nicht mehr zu tragen. Insgeheim machte es mich wütend. Wütend auf mich selbst, weil ich so feige war; wütend auf Smaïn und die anderen, weil ihr Geläster meine Freiheit einschränkte; wütend auf Charlie Chaplin, der die gleichen Schuhe trug wie ich.

Am Ende kehrte ich zu meinen alten Atemi-Turnschuhen zurück.

Erster Versuch einer Typveränderung: gescheitert.

Auch meine ausgewaschenen Schlabberpullis hatte ich satt. Ich ersetzte sie nach und nach durch Rollis und V-Ausschnitt-Pullover, die etwas weniger weit und lang waren, bis ich mich eines denkwürdigen Tages dazu durchrang, einen eng anliegenden hellrosa Pulli anzuziehen, der meinen Busen zum Vorschein brachte.

Zwar tat ich mich noch schwer mit der Wölbung meiner Brüste, aber ich musste diesen Schritt einfach tun. Musste mein Frausein annehmen.

Sowohl im Klassenraum als auch auf dem Schulhof spürte ich, wie sich aller Blicke auf meine Brust richteten. Ich wusste gar nicht mehr, wohin mit mir. Es war mir schrecklich peinlich, und ich versuchte, meinen Busen mit den Armen zu verdecken, indem ich unbequeme, seltsame Haltungen einnahm wie ein verdrehter Hampelmann.

Selbst die Mädchen in meiner Klasse gaben ihre Kommentare ab: Aha, du zeigst deinen Busen, suchste 'nen Freund, oder was? Glaubst du, du bist Pamela Anderson? Mann, Mann, ganz schön aufgetusst!

Als ich am Nachmittag nach der Mathestunde aus dem Raum ging, lauerten mir vier Jungen aus meiner Klasse im Flur auf und stürzten sich auf mich, um mich zu betatschen. Ich wehrte mich, versuchte sie zu hauen und zu treten, während ich ihre Hände und Finger spürte, die meine Brüste drückten, zwickten, befummelten und begrapschten. Es tat mir weh, und Monsieur Letard – wie immer träge und apathisch – griff nicht ein, sagte kein Wort, murmelte höchstens etwas wie: Na hört mal, jetzt ist aber gut. Die ganze herbeigelaufene Klasse lachte.

Ich war knallrot, völlig außer Atem und kurz vor dem Losheulen. Ich brachte meine Haare in Ordnung, nahm meine Schultasche und ging nach Hause.

Am nächsten Tag trug ich einen weiten Schlabberpulli.

Zweiter Versuch der Typveränderung: gescheitert.

Meine Entschlossenheit war immer noch da. Ich hatte mir eine schwarze Lederjacke aus Kunstleder gekauft. Sie sollte meine abgenutzte und geflickte Daunenjacke ersetzen, bei der durch vereinzelte Risse schon die Federn herauskamen. Ich konnte diese dicke Jacke nicht mehr leiden, die mich wie ein Michelin-Männchen aussehen ließ, aus dem die Luft entwichen war. Und eines Morgens betrat ich das Schulgelände in meiner Lederjacke. Diesmal konnte mich kein höhnischer Kommentar, kein Gewitzel, keine blöde Anspielung tangieren. Ich hatte für mich beschlossen, ich würde diese Jacke das ganze restliche Jahr meiner Mittelschulzeit tragen, jeden Tag, ob es nun regnete, stürmte oder heiß war.

Ich ging quer über den Schulhof auf meine Freundinnen zu, die ich von fern erkannt hatte. Nouria und Sabine machten große Augen. Du siehst ja geil aus! Aber wieder einmal kam mir Smaïn mit seiner Clique in die Quere, der laut lachte: Also nee, was ist denn mit dir los, nach Charlie Chaplin machste jetzt einen auf Johnny Hallyday?

Und während der ganzen letzten Monate am Collège blieb Johnny mein Spitzname.

Ich ließ mich nicht beirren und trug diese Lederjacke eisern bis zum letzten Schultag. Sie war ein Mittel, mich von den anderen abzusetzen, immerhin war ich die Einzige in der Klasse, die eine trug. Da es eine typische Motorradjacke war, fühlte ich mich dadurch auch Monsieur Ortega näher, in den ich insgeheim verliebt war und dessen Aufmerksamkeit ich zu gewinnen hoffte. Die Jacke verlieh mir ein rebellisches, unangepasstes Aussehen. Sie war das Symbol meiner neuen Identität.

Pariser Nächte

Ich glaube, es begann im Lauf der zehnten Klasse. Mich beschlich Angst. Die Angst, auf ewig in der Banlieue festzuhängen.

Auch Ritas Krankheit und Tod hatten Spuren in mir hinterlassen. Rita hatte weiterkommen wollen, und man hatte ihr den Wunsch, über den Tellerrand zu blicken, verwehrt.

Auch Monsieur Zedar, im Grunde alle besiegten Krieger – ob wahnsinnig geworden oder nicht – schienen mir zu sagen: bloß weg von hier, weg aus der Banlieue, die alle deine Träume einen langsamen Tod sterben lässt.

Ich fürchtete mich davor, wie der Kapitän von Drancy zu enden, wie der falsche Busfahrer der Linie 148, wie die Irre vom Gebäude D. Das traurige Schicksal dieser Menschen war für mich eng mit dieser Banlieue verknüpft. Ich machte Drancy für ihren Irrsinn verantwortlich. Hier bekam ich keine Luft.

Ich war nun in der gymnasialen Oberstufe, der elften Klasse des Lycée Eugène-Delacroix, und verspürte den heftigen Drang, einen Aufzug zu benutzen, um in höhere Ebenen vorzustoßen. Aber wo sollte ich den finden?

Es war ein Wunsch, den ich heimlich in mir hegte. Ich sprach mit keinem darüber, denn ich fürchtete, wenn ich ihn ausspräche, würden manche versuchen, ihn mir kaputtzumachen. Also schwieg ich und brütete im Stillen über Strategien, Pläne, Winkelzüge, die mir helfen konnten, von hier fortzukommen und in andere Sphären aufzusteigen. Ich dachte Tag und Nacht darüber nach.

Seit meinem Wechsel vom Collège aufs Lycée hatte es sich so eingespielt, dass ich an den Wochenenden mit meinen Freunden nach Paris fuhr. Wir kehrten in irgendeiner Bar ein, im *SanZ* im Bastille-Viertel oder im *Sancerre* im Quartier des Abbesses. Es war eine andere, lautere Welt, funkelnd und lebendig.

Im *SanZ* hing hinter der Eingangstür ein schwerer roter Vorhang, der mir das Gefühl gab, ein Theater zu betreten, das Theater der Nacht und der Begegnungen. Wir setzten uns in die großen purpurroten Sessel im Hinterzimmer, die zum Teil schon abgescheuert und rissig waren, an einen der wackeligen Holz- oder Marmortische. Dahinter hingen an den abblätternden roten oder dunkelgrauen Wänden breite alte Spiegel mit Goldrahmen im Stil des späten 19. Jahrhunderts. Silberne oder schwarz lackierte Kandelaber, denen ein bis zwei Birnen fehlten, und drei große Kronleuchter verbreiteten ein schummriges Licht im Raum. Es war eine verschrobene, dekadente Atmosphäre. Diese abgeranzte Pracht war ganz nach unserem Geschmack.

Wir kamen uns vor wie Dandys. Die Gemälde von nackten Frauen fügten dem allen noch einen Hauch Bordell hinzu und beflügelten unsere Sinne. In unseren Sesseln fläzend, tranken wir Monacos, als wäre es Absinth. Wir hatten das Gefühl, uns Zugang zu einer privilegierten Welt zu verschaffen. Manchmal musterten uns die Kellner argwöhnisch, vermutlich ahnten sie, dass wir noch minderjährig waren, doch wir steckten uns unbeirrt Zigaretten an, um uns möglichst erwachsen zu geben.

Einen Abend lang waren wir Pariser. Wir ahmten ihren Akzent nach, nasalierten die Endsilben der Wörter und beendeten Sätze mit *Weißte, ne?* oder *und so, ne.* Und wenn wir kein Geld mehr hatten, um noch weitere Drinks zu bestellen, fuhren wir mit der Metro in unsere verlassene, unbeleuchtete Vorstadt zurück.

Wegen meiner Parisausflüge musste ich ständig mit meinem Vater verhandeln. Die Diskussion wurde jedes Mal hitzig und endete im Streit. Er hatte Angst, mir könnte etwas zustoßen. In der Banlieue ist es nachts gefährlich, und du bist ein junges Mädchen. Ich konnte noch so oft erwidern, dass ich achtgeben würde, dass er übertreibe und es noch dazu sexistisch sei, mir unter dem Vorwand, dass ich ein Mädchen sei, das Ausgehen zu verwehren – am Ende schrien wir uns immer an. Für ihn war es indiskutabel, dass ich später als 22 Uhr nach Hause kam. Irgendwann ging ich dann einfach und kehrte nie vor 1 Uhr nachts heim.

Einmal konnten wir gerade noch die letzte Metro erwischen. Danach mussten wir von der Station Bobigny-Pablo Picasso bis zu uns nach Hause noch etwa zwanzig Minuten durch Wohngebiet laufen. Die Straßen lagen still und verlassen da, die Laternen waren bereits erloschen. Am Nachmittag hatten wir in Paris noch einen Einkaufsbummel gemacht, bevor wir im *SanZ* versumpften. Florian, ein Freund aus meiner Klasse, hatte Vans in einem Discount-Shop gekauft, Belinda Secondhandklamotten in einem Trödelladen beim Square d'Anvers, und ich hatte eine tolle lila Lederjacke aufgetrieben. Wir schlenderten vor uns hin, sangen leise *People Are Strange* von den Doors, von denen ich ein großer Fan war, als wir eine Gruppe von Jungen auf uns zukommen sahen. Sie waren noch nicht besonders groß, wohl gerade mal zwölf Jahre alt, aber ich roch sofort Ärger. Als sie auf unserer Höhe waren, pflanzte sich ein Kerlchen vor Florian auf und griff nach seiner Schuhtüte; Florian protestierte und hielt seine Tüte fest, worauf ein anderer auf ihn sprang und ihn mit Ohrfeigen traktierte. Florian konnte sich befreien, doch es tauchte ein Dritter auf, der ihm eine scheuerte, sodass Florian schließlich die Tüte losließ. Es war zugleich komisch und beängstigend. Belinda und ich begannen die Jungs anzuschreien, sie sollten ihn in Ruhe lassen, aber ich hatte kaum meinen Satz beendet, als ich fummelige Finger an meinem Hintern und in der Nähe des Busens fühlte. Belinda erlebte dasselbe, also schlugen wir mit unseren Taschen um uns, um die Kerle wie einen Bienenschwarm zu verjagen. Florian rang unterdessen mit vier, fünf Knirpsen, die ihm auf den Kopf trommelten. Sie schnappten sich unsere Einkäufe, rissen die Tüten auf, um die Pullis, Röcke, T-Shirts, Sneakers und die Lederjacke herauszuzerren. Was sind denn das für Pennerklamotten? Mann, habt ihr dafür etwa Geld bezahlt? Sie schleuderten meine Jacke über einen Gartenzaun, Belindas Sachen fanden sich auf dem Gehweg verstreut wieder, und das Einzige, was sie als Beute abtransportierten, waren die Vans von Florian, der noch völlig atemlos und erhitzt war.

Wir wussten selbst nicht, ob wir lachen oder weinen sollten. Der Überfall hatte etwas Groteskes gehabt. Wir hatten uns von einer Bande von Rotzbengeln überrumpeln lassen. Wir sammelten unsere Sachen wieder ein. Um meine Jacke wiederzubekommen, musste ich über das Außentor des Einfamilienhauses klettern und betete im Stillen, dass mich nicht ein Deutscher Schäferhund anfiel und zerfleischte. Ich landete gerade wieder auf dem Gehweg, als wir einen der Jungen zurückkommen sahen. Florian nahm erschrocken Reißaus. Der Junge reichte Belinda die Turnschuhe. Hier, die kannste wiederhaben. Die sind zu erbärmlich.

Die Zauberformel

Massoud war ein alter Freund der Familie; er und meine Mutter hatten sich als Studenten an der Teheraner Universität kennengelernt. Er war ebenfalls als politischer Aktivist nach Paris geflohen, wo er meine Eltern wiedertraf. Er kam uns regelmäßig besuchen.

Er unterrichtete ausländische Studenten in Französisch. Nachdem er als Zweiundzwanzigjähriger nach Frankreich gekommen war, hatte er mit großem Fleiß und Ernst Französisch studiert und war Französischprofessor an der Université Paris VIII geworden. Er war ein großer Literaturliebhaber, und von ihm bekam ich meine ersten wichtigen Romane in die Hand gedrückt.

Er besaß großen Charme. Hatte ein Gesicht wie Camus und eine Stimme wie Laurent Terzieff. Für mich verkörperte er lange Zeit das Idealbild eines Mannes.

Er konnte Gedichte von René Char, Rimbaud, García Lorca, Marceline Desbordes-Valmore, Baudelaire, Shakespeare und Auszüge aus der *Göttlichen Komödie* auswendig rezitieren. Überhaupt besaß er ein erstaunliches Gedächtnis. Er hasste Marguerite Duras, die er als Analphabetin bezeichnete, das ist der größte Bluff der Literaturgeschichte, nichtssagend und hohl, und alle liegen ihr zu Füßen. Hingegen vergötterte er Marguerite Yourcenar, für ihn die Grande Dame der Literatur, eine großartige Gelehrte, Archäologin der Erinnerung. Er riet mir, gründlich und immer wieder Flaubert, Proust und Céline zu lesen, die er die drei Musketiere der französischen Sprache nannte. Ich fühlte mich von ihrem Genie erdrückt. Immer wieder sprach er von Joyce. Ich versuchte, ein paar Seiten des *Ulysses* zu lesen, und verstand nur Bahnhof.

Ich liebte es, wenn er mir von Büchern erzählte. Ich hing an seinen Lippen, machte mir Notizen, kritzelte Titel, Namen, Querverweise, wichtige Namen der Literaturkritik nieder; es machte mir Lust auf Literatur. Er war auch mein erster Lektor. Ich las ihm meine frühen literarischen Versuche vor, Gedichte, Kurzgeschichten, Romananfänge, die irgendwo in der hintersten Schublade landeten. Er ermutigte mich weiterzumachen, und sein Ratschlag lautete immer gleich: Wenn es deinen Eltern gefällt, dann ist es nicht gut; zerreiß es und fang noch mal neu an.

Eines Abends unterhielten wir uns darüber, was ich nach dem Abitur machen könnte, und seine tiefe, warme Stimme erwähnte unter anderem den Begriff Königsweg. Das machte mich hellhörig. Ich fragte ihn, was dieser Königsweg sei, und er offenbarte mir die magische Formel.

Hypokhâgne und *Khâgne* im Literaturzweig
École Normale Supérieure,
Staatsprüfung *Agrégation*,
Literaturprofessorin an der Universität.

Ich war wie geblendet von diesen Wörtern, war angefixt, wollte alles wissen.

Ich hatte keine Ahnung, was *Hypokhâgne* oder *Khâgne* bedeuteten. Er erklärte mir, das seien die beiden Vorbereitungsklassen für den Hochschulwettbewerb der Grandes Écoles. Aber woher kamen diese Begriffe? Sie klangen irgendwie griechisch, gelehrt, wie Fachwörter aus einem Arzneibuch. Ich erfuhr, dass es eigentlich von *cagneux* kam – x-beinig –, denn so hatten einst die Militärstudenten von Saint-Cyr die fleißigen Literaturschüler der Vorbereitungsklassen verspottet, deren klapprige, nach innen gedrehte Knie alles andere als sportlich waren. Die Literaturschüler verwendeten dann selbst diese seltsame Schreibung *khâgneux*, um dem Ganzen einen seriösen, wissenschaftlichen Anstrich zu geben.

Also, du besuchst zwei Jahre lang die Vorbereitungsklassen für den Literaturzweig der Elitehochschulen, dann machst du die Aufnahmeprüfung für die École Normale Supérieure, auf der Universitätsdozenten und zukünftige Forscher ausgebildet werden, und anschließend machst du die Agrégation, um Universitätsprofessorin zu werden.

Ich hatte den Aufzug gefunden, der mich in höhere Ebenen befördern würde.

Um diesen Königsweg zu beschreiten, würde ich im Laufe meines letzten Gymnasialjahrs meine Bewerbungsunterlagen zusammenstellen und mir ein renommiertes Pariser Lycée suchen müssen, auf dem ich die beiden Vorbereitungsjahre absolvieren konnte. Königlich, elitär, prestigeträchtig: Die Sirenen sangen, und ich tanzte. Ich tanzte mit Hermelinpelz um die Schultern und Krone auf dem Haupt über diesen Königsweg und strich mir zärtlich über die Brust, um sie auf zukünftige Medaillen für herausragende Leistungen einzustimmen.

Als Massoud gegangen war, zog ich mich, immer noch aufgewühlt von meiner Entdeckung, zum Schlafen in mein Zimmer zurück. Kurz bevor ich in meine Pyjamahose schlüpfte, betrachtete ich meine nackten Beine im Spiegel und musste unwillkürlich grinsen. Das musste ein Zeichen des Schicksals sein.

Ich hatte leichte X-Beine.

Das Quartier Latin

Am Tag nach meinem Gespräch mit Massoud machte ich mich kundig, um eine Liste von Pariser Gymnasien zu erstellen, die für den hohen Anspruch ihrer Vorbereitungsklassen bekannt waren. Ich suchte mir die drei besten heraus – das Lycée Henri IV, das Lycée Louis-le-Grand und das Lycée Fénelon –, die sich im 5. und 6. Pariser Arrondissement, also im Quartier Latin befanden. Irgendwo hatte ich einmal gelesen, dass Baudelaire als Kind mit seinem Vater im Jardin du Luxembourg spazieren ging, dass Sartre und Beauvoir sich in den Hörsälen der Sorbonne kennengelernt hatten, dass Malraux vor dem Pantheon seine Rede anlässlich der Überführung von Jean Moulins Asche hielt, dass Quasimodo von einem Turm der Kathedrale von Notre-Dame den Erzdiakon Frollo in die Tiefe stürzte, um anschließend an der Seite seiner geliebten Esmeralda zu sterben.

Das war mein Ort. Nicht die Gruft von Montfaucon, um dort in den Armen der toten Esmeralda zu Staub zu zerfallen, sondern auf den Türmen von Notre-Dame mit Paris zu meinen Füßen. Dorthin, hoch hinaus, zog es mich.

Ich hatte begonnen, fast jedes Wochenende mit meiner Freundin Belinda durch dieses Stadtviertel zu streifen. Sie mochte zwar lieber Montmartre, das Abbesses-Viertel oder den Flohmarkt von Clignancourt, aber am Ende konnte ich sie immer überreden, mit mir durchs Quartier Latin zu spazieren.

Meine schwarze Kunstlederjacke hatte ich durch eine lange alte Wildlederjacke ausgetauscht. In unseren Cordhosen und schwarz-weißen Adidas Gazelle wanderten wir durch die Rue de la Huchette und die Rue Saint-André des Arts, kamen manchmal bis Saint-Germain-des-Prés.

Im Jardin du Luxembourg sitzend, kommentierten wir die Aufmachung der Pariser und Pariserinnen, schauten uns ein paar Modeideen ab und begannen vom Studentenleben zu träumen. Wenn wir ein bisschen Geld übrig hatten, gingen wir in der Rue Monsieur le Prince, gegenüber dem Kino Les 3 Luxembourg, das chinesische Mittagsmenü für 50 Franc essen oder tranken auf der Place de la Sorbonne einen Kaffee. Ich war glücklich. Anschließend kehrten wir mit dem RER nach Drancy zurück. Während der Rückfahrt hatte ich das Gefühl, mich mit jedem Bahnhof ein Stück weiter von meinem Traum zu entfernen. Luxembourg, Saint-Michel, Châtelet – Les Halles, Gare du Nord, La Plaine – Stade de France, La Courneuve – Aubervilliers, Le Bourget. Wenn ich in Drancy ankam, war nichts mehr übrig. Schwermütig ging ich nach Hause, stieg hoch in mein Zimmer und nahm mein

Tagebuch, um dort die bewegten Gedanken eines rastlosen, von Ehrgeiz gequälten weiblichen Rastignac festzuhalten.

Manchmal schwänzte ich am Freitagnachmittag den Unterricht, um nach Paris zu fahren, wo ich vor dem Lycée Henri IV oder dem Lycée Fénelon Stellung bezog und die dort ein- und ausgehenden Schüler beobachtete. Vom Trottoir gegenüber dem Schulgebäude musterte ich aufmerksam ihre Gesichter, ihre Kleidung, ihre Art, sich zu geben, zu sprechen und zu lachen. Ich hatte nichts mit ihnen gemein, so viel war klar, aber ich spürte, dass ich eines Tages mit ihnen in Berührung kommen, ein Teil ihrer Welt werden konnte. Im Unterschied zu meinem Lycée gab es hier kaum Schüler ausländischer Herkunft. Die wenigen, die mir auffielen, schienen sich wohl und dazugehörig zu fühlen. Sie strahlten eine Selbstsicherheit aus, um die ich sie beneidete. Ich wollte sein wie sie und beobachtete sie als nachzuahmendes Vorbild.

Ich blieb dort einige Stunden, dann wanderte ich durch die angrenzenden Straßen und versuchte in die großen, schönen Pariser Mietshäuser hineinzublicken. Ich erspähte die oberen Reihen von Bücherregalen, ein Stück Kaminsims, strahlende Deckenleuchten, den Ausschnitt eines Spiegels, Stuck- und Goldverzierungen an der Decke.

Ich stellte mir vor, wie es sich in diesen luxuriösen, gemütlichen Wohnungen lebte. Die Schüler, die ich kurz zuvor beobachtet hatte, mussten wohl genau so wohnen. In der Küche der Duft von einem im Ofen schmorenden Lamm-Carré, im Wohnzimmer vor dem schwarzen Flügel ein paar Spielsachen, die ein Geschwisterkind dort verstreut hatte, während der Jugendliche an seinem Schreibtisch saß und lernte. Das Kindermädchen wartete darauf, dass die Mutter nach Hause kam, damit sie selbst gehen konnte. Der Vater befand sich auf Geschäftsreise.

Überall Bücher, dazwischen wertvolle Familienerbstücke, alte Gemälde, schwere Teppiche, antike oder Designermöbel; jeder Gegenstand musste hier einen finanziellen, ästhetischen oder privaten Wert besitzen, war ein augenfälliges Kulturgut.

Mit 23 Jahren ging ich regelmäßig in einer bürgerlichen Wohnung ein und aus, um dort Nachhilfe in Französisch zu geben.

Fast sieben Jahre lang durchquerte ich die vornehmen Viertel des Pariser Westens rund um den Eiffelturm, drückte große Holzportale oder verglaste schmiedeeiserne Türen auf, strich mit der Hand über die Marmorwände des Eingangsflurs, klingelte an der Sprechanlage neben dem Concierge, stieg die mit Läufer bedeckten steinernen Stufen des Treppenhauses im Haussmann-Stil hinauf.

Am ersten Tag lernte ich die Familienmutter kennen, die mich, geschäftig und elegant, mit einem Lächeln empfing. Den Vater bekam ich nie zu sehen. Ich folgte der Mutter ins Wohnzimmer, wo ich die Nachhilfestunde abhalten sollte. Sie erklärte mir rasch, worin die Schwierigkeiten ihres Kindes lägen, dem sie dabei hin und wieder über den Kopf strich, und endete mit dem Fazit: Ich bin sicher, Sie werden seinen Notenschnitt verbessern. Ihr Marketinglächeln und ihr resoluter Blick gaben mir klar zu verstehen, dass ich mein Geld wert sein musste. An den nächsten Unterrichtstagen war auch sie nicht mehr zu sehen. Ich begegnete lediglich der Kinderfrau, der Putzhilfe, dem Klavierlehrer, den Englisch- und Mathenachhilfelehrern, die vor und nach mir kamen. Nur gelegentlich sah ich die stets in Eile befindliche, lächelnde Mutter vorüberhuschen, diesmal in Sportkleidung, da sie zu Hause private Gymnastik- oder Yogastunden nahm. Die Türen gingen auf, gingen zu, die Angestellten gaben einander die Klinke in die Hand. Je mehr Kinder die Familie hatte, desto mehr Personal. Man begegnete sich, wenn man um den Flur bog, überrascht darüber, ein neues Gesicht zu sehen. Wir grüßten einander verstohlen, und dann kehrte jeder wieder in eines der zahllosen Zimmer zurück, wo ein Kind ungeduldig auf das Ende der quälenden Nachhilfestunden wartete. Manchmal erreichte ich das Haus eines Schülers zeitgleich mit einer anderen Nachhilfelehrerin, die dessen Bruder oder Schwester unterrichtete, was eine komische Situation ergab. Wir warteten schweigend vor der Tür, lächelten uns verlegen an, standen nachgerade Schlange. Es fehlte nicht viel, und es wäre ein regelrechtes Gedrängel entstanden.

Diese Familien heuerten nur für sich ein ganzes Regiment an.

Als ich das erste Mal eine hochbürgerliche Wohnung in einem schicken Viertel betrat, verirrte ich mich beim Gang auf die Toilette, so weitläufig waren die Flure und Räume.

Eine zweiflügelige Eingangstür im Haussmann-Stil, beidseitig mit Holzschnitzereien versehen, ein kleiner goldener Türklopfer, eine Diele mit einem orientalischen Teppich in Blau- und Gelbtönen, ein riesiger Raum, der durch eine weiße Glastür in Wohn- und Esszimmer unterteilt war, schwere Pfingstrosen in einer blau-weißen Vase aus Chinaporzellan, die auf einem Kaminsims stand und sich in einem Louis-Philippe-Spiegel reflektierte, ein großformatiges klassisches Gemälde eines unbekannten Malers, ein Mahagonitisch im Louis-seize-Stil, auf dem ich vorsichtig meine Sachen ablegte, ein bequemer, mit altrosa Samt bezogener Medaillonstuhl, auf dem ich scheu meinen Hintern platzierte, dicke ockerfarbene Samtvorhänge mit preußischblauem kordelartigen Raffhalter, die in breiten Falten auf ein makellos poliertes Parkett fielen, in dem ich mich fast schon spiegeln konnte.

Und inmitten dieses reaktivierten Château de Versailles saß mir gegenüber kümmerlich und schmächtig mein Schüler, warf mit einer Kopfbewegung seine Haartolle zurück, die seine Augen verdeckt hatte und nun einen stumpfen Blick offenbarte, und wartete darauf, dass ich etwas sagte.

Schon nach wenigen Minuten meiner Nachhilfestunde wurde mir klar, dass sein einziges Interesse seinen Noten und seinem Durchschnitt galt.

Wenn ich das so formuliere, kann mir das Punkte einbringen? Wenn ich das bei der mündlichen Abfrage erwähne, schaffe ich dann wohl 12 Punkte? Und rhetorische Figuren, sind die wichtig, kann ich damit den Durchschnitt heben? Wie viele davon sollte ich verwenden, um eine gute Note zu kriegen?

VIII

Absprung

Die Elite Frankreichs

Am Bahnhof Saint-Michel steige ich aus dem RER und begebe mich mit zügigen Schritten zur Rue de l'Éperon 2. Ich passiere erhobenen Hauptes die Crêperien in der Rue Saint-André des Arts und lächele die Passanten an, denen ich am liebsten erzählen würde, dass dies mein Start als *Hypokhâgne* ist. Und da bin ich auch schon. Ich sehe die französische Fahne über dem steinernen Vorsprung des Gebäudes flattern, auf dem in gemeißelten Großbuchstaben steht: LYCÉE FÉNELON.

An diesem Morgen habe ich eine Ewigkeit mit meiner Kleiderauswahl verbracht und einen besonders frühen RER genommen, um ja nicht zu spät zu kommen.

Ich habe meine pariserischsten Sachen angezogen, meine dunkelbraune Wildlederjacke, ein weißes Oberteil, die Hose mit Schottenmuster, meine Adidas Gazelle und meinen grauen Eastpak-Rucksack.

Es ist der Schulstart nach den Sommerferien, der Beginn der Vorbereitungsklasse. Wir sind an die hundert Schüler, die darauf warten, dass das große Tor aufgeht.

Vor lauter Anspannung habe ich schweißnasse Hände.

Vergangene Nacht hatte ich einen Traum. Es ist der erste Schultag. Ich betrete das Lycée, im Hof warten Schüler und beginnen bei meinem Anblick zu lachen. Sie schauen auf meine Füße. Ich gucke an mir hinunter, und meine Füße sind nackt. Ich habe vergessen, Schuhe anzuziehen.

Die hölzernen Türflügel öffnen sich. Der Innenhof ist schön; prächtige große Platanen ragen dort zum Himmel, und ein hübscher Vorbau aus Glas und flaschengrünem Metall säumt das Erdgeschoss des alten Gebäudes, das aus dem 18. Jahrhundert stammt. Eine völlig andere Anmutung als der groteske Kasten meines vorherigen Gymnasiums, der, perfekter Abklatsch der umgebenden Sozialsiedlungen, aus Beton, rostigem Eisen und kleinen Fenstern besteht.

Ich spüre das Gewicht der Historie, der altehrwürdigen Tradition.

Ich beobachte die Gesichter, Kleider, Verhaltensweisen der Mädchen und Jungen, die meiner Klasse zugeteilt sind. Viele weiße Gesichter, viel blondes Haar, rosige Haut und helle Augen; das riecht förmlich nach guter Familie und gesundem Essen. Sehr bald mache ich zwei unterschiedliche Kategorien von Schülern aus: die Chorknaben und -mädchen, gepflegt und proper – die Jungen tragen Hemd und Hose, die Mädchen knielange Röcke –, und dann die anderen, die sich rebellisch und unangepasst geben. Die Gruppe der Rebellen trägt Klamotten, die knittrig und abgenutzt, nach Secondhand aussehen, doch ich erkenne sofort die Marken Carhartt, Converse, Vans, Kappa, Levi's. Diese Schüler tragen auf nachlässige Weise Markenkleidung.

Meine Klasse ist die HK3.

Wir sollen uns alle in einem großen Saal versammeln, wo der Schulleiter eine Einführungsrede halten wird.

Der zierliche kleine Mann, braunhaarig, um die fünfzig, in dunkelblauem Anzug und weißem Hemd, hat seine Arme auf dem Bauch zusammengelegt.

Er steht sehr aufrecht vor den anderen Lehrern, und ich bemerke, dass er schwarze Glanzlederschuhe mit erhöhtem Fersenbesatz trägt, auf dem er leicht vor- und zurückwippt. Er ist klein, möchte aber größer erscheinen. Er hält seinen Kopf sehr hoch, mit lang gestrecktem Hals, dreht ihn nur hin und wieder zur Seite, um mit den Lehrern ein paar verständnisinnige Worte zu wechseln. Auf seinen Lippen liegt ein zufriedenes Lächeln.

Eure Lehrer sind nicht dazu da, um euch zu helfen, sondern um euch besser zu machen, um euch zur Elite Frankreichs zu machen.

55 sind es zu Beginn, aber wie viele werden es am Ende sein?

Unter den 55 Köpfen der französischen Elite kamen vier Mädchen aus der »benachteiligten« Pariser Banlieue: drei aus dem Département Seine-Saint-Denis, eine aus dem Département Val-de-Marne, Letztere die einzige Schwarze in der Klasse. Es nannte sich die »Banlieue-Quote«.

Von den 55 schafften es am Lycée Fénelon zwölf in das zweite Jahr der Vorbereitungsklasse. Keine aus der Banlieue-Quote, weder am Fénelon noch an einem anderen Lycée.

Auf was zum Teufel hat sie sich da eingelassen?

Das hier ist nicht Hypokhâgne, sondern Hypokarzer.

So und nicht anders müsste man die Quälerei nennen, die zu meinem Alltag geworden ist.

Die modernen Fremdsprachen erfüllen mich nun mit Grausen; ich kann in Englisch und Spanisch rein gar nichts. Schon nach der zweiten Unterrichtsstunde muss ich den Tatsachen ins Auge blicken. Es ist, als hätte ich in meinem Leben niemals Sprachunterricht gehabt.

Es war vor unserer ersten Englischstunde, und wir warteten im Flur vor dem Unterrichtsraum. Um einen Mitschüler hatte sich ein kleiner Auflauf gebildet. Mit fester, selbstbewusster Stimme, die im Kontrast zu seiner käsigen Blässe stand, erzählte er, wie er sein Englisch bei mehreren Sprachaufenthalten in Oxford perfektioniert habe. Außerdem sei er Mitglied einer Theatergruppe, die Shakespeare im Original aufführe. Ich glaubte meinen Ohren nicht zu trauen. Plötzlich hatte ich nicht mehr die geringste Lust, den Raum zu betreten.

Die gesamte Unterrichtsstunde vollzog sich auf Englisch. Ich kam schweißgebadet wieder heraus. Die Englischlehrerin war eine sympathische zierliche Blondine, frisch und funkelnd wie der Morgentau. In cremefarbener Bluse und eng anliegenden Jeans lehnte sie mit einem Buch in der Hand an ihrem Pult. Das Thema der Stunde war das Fantastische in der angelsächsischen Literatur des 19. Jahrhunderts. Sie klappte einen Erzählband von Edgar Allan Poe auf, las auf Englisch die Kurzgeschichte *The Tell-tale Heart* vor und verwickelte die Klasse anschließend in ein langes Gespräch über den Text, bei dem kein einziges französisches Wort fiel, und die anderen antworteten ihr mit der größten Gewandtheit und Leichtigkeit. Ich musste an Stendhals Widmung am Ende seiner *Kartause von Parma* denken: *To the happy few.*

Der Anführer der *happy few*, der sich vor der Stunde mit seinen Sprachaufenthalten und seiner Shakespeare-Truppe hervorgetan hatte – ein gewisser Jacques, der später Berater eines Staatspräsidenten werden sollte –, lieferte sich mit der Lehrerin ein scherzhaftes Geplänkel über eine bestimmte Textstelle. Zumindest glaube ich das, denn ich verstand nichts von dem, was alle sagten. Ich schnappte eins von zehn Wörtern auf und versuchte den Rest zu erraten, indem ich ihren Gesichtsausdruck, ihre Gestik und Mimik studierte, alles, was mir irgendeinen Hinweis geben konnte. Ich war in eine Welt katapultiert worden, von deren Existenz ich nichts geahnt hatte. Irgendwann glaubte ich die Namen Bill Clinton und

Monica Lewinsky herauszuhören, ja, ich bin mir ganz sicher, dass die Lehrerin sie erwähnte, aber warum? Und wie waren sie von Poe zu Clinton gelangt? Jener Vollpfosten von Jacques sagte etwas auf Englisch, und alle lachten. Oder besser gesagt, nicht alle. Nur die *happy few*. Sie warfen sich komplizenhafte Blicke zu, Ausdruck der Arroganz derer, die sich genau am richtigen Ort wähnen.

Und in diesem Moment, in diesem Klassenraum, in dem man sich so very british unterhielt, sah ich Monsieur Zedar vor mir, dem ein Fetzen Klopapier an der Brille klebte, in seinem schäbigen alten Pulli und der mit Soße- und Kreideflecken versehenen Cordhose, wie er für die wilden Löwen im Käfig den englischen Unterrichtsstoff herausschrie.

Die Spanischstunde war noch schlimmer. Dort versuchte ich gar nicht erst mitzukommen. Die Lehrerin feuerte ihre spanischen Sätze in einem schwindelerregenden Tempo heraus, machte Anspielungen auf Bücher oder Filme – vermute ich, denn ganz sicher bin ich mir nicht. Die Schüler nickten mit verständnisvoller, ernster Miene, offenbar dem Thema angemessen. Die Stimme der Lehrerin ratterte und brummte wie ein Dieselmotor, der mich sanft einlullte und schläfrig machte.

Dank der projizierten Bilder begriff ich, wovon die Rede war – dem Spanischen Bürgerkrieg, Franco, den Republikanern –, doch sah ich auf der Tafel vor mir die Urlaubsdias von Monsieur Gonzalez (in Shorts und Hawaiihemd, mit einem Glas in der Hand) vorüberziehen. Und plötzlich musste ich auch an Madame Ivanska, unsere Spanischlehrerin auf dem Lycée Eugène-Delacroix, und ihre sackartigen Hosen denken, die sie in der Taille mit einem Seil zusammenband. In jeder Unterrichtsstunde hatte sie uns mit ihrem starken polnischen Akzent eingebläut, dass alles, was wir sagten, gegen uns verwendet werden konnte.

Während der Dieselmotor etwas von den Internationalen Brigaden brummte (das verstand ich, denn der spanische Begriff ist fast derselbe wie im Französischen), fiel mir jene surreale Szene in der Abiklasse wieder ein, als Madame Ivanska uns ihre tiefe Leidenschaft für Tango und ihre geheime Schwäche für Carlos Gardel anvertraute. Wir baten sie, uns etwas vorzuführen, und sie improvisierte spontan ein paar energische Tangoschritte mit wilden Verrenkungen und Drehungen, während wir sie mit aufgerissenen Augen anstarrten.

Ich hatte noch nie Lateinunterricht gehabt und war deshalb in den sogenannten »Anfängerkurs« eingeteilt worden. Unsere Lehrerin war eine dickleibige kleine Frau in schwarzer Jogginghose und weißen Turnschuhen, mit einer ledernen Gürteltasche um die Taille. So jemanden hatte ich nicht erwartet. Ich hatte mir eine dünne alte Frau im grauen oder braunen Kostüm, mit weißem Haardutt und Lesebrille auf der Nasenspitze vorgestellt. Ihre sportliche Erscheinung stand in diametralem Gegensatz zu ihrem Temperament. Sie erwies sich sehr schnell als hochdepressiv. Sie blickte uns nie in die Augen, sondern starrte auf einen imaginären Punkt im Raumhintergrund. Sie kam nur mit Mühe von ihrem Stuhl hoch und schien fortwährend außer Atem zu sein, außerdem redete sie ganz leise. Kam es daher, dass sie eine tote Sprache unterrichtete? Eine Sprache, so begraben wie die lavabedeckten Körper von Pompei, die beim Ausbruch des Vesuv in ihrer letzten Bewegung erstarrt waren?

Sie schrieb einen lateinischen Satz an die Tafel und gab uns ein paar Minuten, um seine Bedeutung zu entschlüsseln.

Spes proemii laboris est solatium.

Ich versuchte das Rätsel zu knacken, ohne in den Gaffiot, das berühmte lateinisch-französische Wörterbuch, einen schwergewichtigen Wälzer, zu gucken. *Spes* – Spezies, *proemii* erinnerte an prominent, *laboris* musste irgendetwas mit Arbeit zu tun haben, und *solatium* klang nach solar oder Sonne. Das ergab also »Die prominente Spezies der Arbeit ist sonnig.« Aber was sollte das bedeuten?

Eine Schülerin hob die Hand, um ihren Übersetzungsvorschlag zu präsentieren. »Die Hoffnung auf Belohnung lindert die Mühen der Arbeit.« Und sie fügte noch hinzu, das sei ein berühmtes Zitat, das uns *Hypokhâgnes* Mut machen solle. Was für eine Schleimerin!

Mir dämmerte schnell, dass die »Anfänger« dieses Kurses gar keine echten Anfänger waren, sondern alle auf ihrem Lycée Latein gehabt hatten, während die »Fortgeschrittenen« bereits im Collège damit begonnen hatten.

Ich war geliefert.

Meine erste Unterrichtsstunde in Philosophie war ein Schock. Kritizismus, Transzendentaler Idealismus, Phänomenologie, Deonontologie, Konsequentialismus, Eudemonismus, Heteronomie, Phänomena und Noumena. Die Geschichtslehrerin hatte ähnliche Gesichtszüge wie der Homo neanderthalensis und schien auch ebenso erloschen wie dieser seit über 30 000 Jahren. Mit monotoner Stimme sprach sie von Cromwell. Wer zum Henker war Cromwell? Die historischen Querverweise sagten mir nichts. Ich war so verloren, dass ich nicht einmal wusste, um welche Epoche es gerade ging.

Französisch war für mich zu einer Fremdsprache geworden.

32 Unterrichtsstunden pro Woche. Eineinviertel Stunden Hinfahrt, eineinviertel Stunden Rückfahrt, macht zweieinhalb Stunden Fahrzeit pro Tag, mal fünf sind 12,5 Stunden pro Woche. Also 32 Stunden plus 12,5 Stunden sind gleich 44,5 Stunden pro Woche. Auf der Hinfahrt wie auf der Rückfahrt bin ich so müde, dass ich vor mich hindöse oder richtiggehend einschlafe,

und es kommt vor, dass ich den Ausstieg verpasse. Am Morgen habe ich einen harten Klumpen im Bauch, der, je näher ich dem Lycée Fénelon komme, immer größer wird. Abends ist mein Kopf matschig von all den Lektionen des Tages. Eine Bowlingkugel rollt über die RER-Gleise der Linie B, um mit vollem Gewicht in mein Bett zu plumpsen.

Dazu kommen Hausaufgaben, unangekündigte Tests, vorzubereitende Klausuren, nachzubereitende Unterrichtsstunden, zu entwerfende, korrigierende, überarbeitende, abzugebende Texte. Lernstoff, den ich aus meinem Schlund herauswürge wie eine gestopfte Mastgans.

Dazu kommen die Lektüren, die sich summieren, nahtlos aneinander anschließen, sich häufen und stapeln und mich noch weiter erdrücken. Jedes weitere Buch, das man gelesen, jede weitere Quelle, die man überprüft haben, jeder weitere Text, den man unbedingt kennen muss, ist wie ein Hammerschlag auf meinen Kopf, der meinen Körper zusammenstaucht. Ich schäme mich für meine Ignoranz, meine Faulheit, meine Trägheit. Was habe ich all die Jahre nur gemacht? Warum habe ich das nicht alles gelesen? Warum habe ich nichts gelernt? Nie und nimmer hätte ich mir vorstellen können, dass mir das Wissen als ein solcher Steinblock auf der Brust lasten würde.

Man mästet und erdrückt mich mit Wissen, stopft es mir in sämtliche Körperöffnungen, kiloweise historische, soziologische, philosophische, literarische, geografische, linguistische Angaben. Und das Schlimmste an all dem ist, dass ich nichts davon verstehe. Nichts, nada.

Sie und ich

Nach einer Woche wurde mir klar, dass ich niemals so sein würde wie die anderen. Ich war in die Vorbereitungsklasse aufgenommen worden, weil ich Teil der Banlieue-Quote war.

Manchmal spricht mich jemand an, man interessiert sich ein bisschen für mich. Ein rankes, schlankes Mädchen mit braunem Kurzhaarschnitt, sehr elegant in tailliertem rotem Blazer und schwarzer Bundfaltenhose, nähert sich mir.

»Wo kommst du her? Wohnst du in Paris?«

»Nein, ich wohne außerhalb.«

»Wo außerhalb?«

»Seine-Saint-Denis. In Drancy.«

»Seine-Saint-Denis. Echt? Ist das nicht übel dort? Ich habe heftige Sachen gehört über die Gegend.«

»Nein, es geht, in Drancy ist es eher ruhig.«

»Kenne ich nicht. Nun ja, es wird wohl trotzdem nicht so leicht sein.«

Am liebsten hätte ich ihr geantwortet, dass ich nur alle zwei Tage zusammengeschlagen und ein- bis zweimal pro Woche vergewaltigt würde, dass mir zwar jeden Abend beim Aussteigen aus dem RER die

Tasche weggerissen würde, ich aber insgesamt ganz gut zurechtkäme.

Ein andermal spricht mich ein Typ mit langem Pferdeschwanz an. Er trägt einen Poncho auf den Schultern und hat ein leises Verführerlächeln auf den Lippen.

»Witzig, du hast einen leichten Akzent. Wo kommt der her?«

»Keine Ahnung, ich bin in Frankreich aufgewachsen. Das höre ich zum ersten Mal, dass ich einen Akzent habe.«

»Doch, doch, da schwingt so was mit. Bist du in Frankreich geboren?«

»Nein, im Iran. In Teheran.«

»Ah, dann kommt's daher, alles klar. Mit wie viel Jahren bist du nach Frankreich gekommen?«

»Mit sechs.«

»War es sehr hart?«

»Eigentlich nicht, man passt sich eben an.«

»Aber dein Akzent ist niedlich. Du solltest stolz darauf sein.«

Zwei Tage später wendet sich mir ein anderes Mädchen zu. Sie erinnert mich an Lavinia in der Zeichentrickserie *Die kleine Prinzessin Sara*, jene neidische, gemeine Blondine, die Prinzessin Sara das Leben schwer macht.

Sie trägt den dunkelblauen knielangen Rock der Chormädchen, dazu eine gelbe Bluse und glänzende schwarze Schuhe. Ihre blonden Locken hat sie mit zwei goldenen Spängchen zur Seite gesteckt.

»Ich habe gehört, du bist Iranerin. Ich war auf dem Henri IV, kennst du Omid?«

»Nein, wer ist das?«

»Ein Junge, der letztes Jahr in meiner Abiklasse war. Seine Eltern sind Iraner, er selbst ist in Frankreich geboren. Er hat sich umgebracht, ist zu Hause aus dem Fenster gesprungen.«

Plötzlich erinnerte ich mich an Omid. Ich war ihm nie begegnet, aber sein Vater war ein Bekannter meiner Eltern. Ich hatte von seinem traurigen Tod gehört. Mein Vater war zu seiner Beerdigung gegangen. Hinterher erzählte er mir, Omids Vater sei auf einen Schlag um zehn Jahre gealtert.

»Kennst du ihn nicht?«

»Nein.«

»Es war für uns alle ein Schock. Manche meinten, das käme vom Lycée Henri IV und dem Druck, der dort herrscht. Aber ich glaube das nicht, wegen so was bringt man sich doch nicht um.«

Ich wünschte mir, sie würde schweigen und verschwinden. Ich sagte gar nichts mehr, und irgendwann kam sie auf die Lateinübersetzung zu sprechen, die wir abgeben mussten.

An einem anderen Tag sitze ich in der Schulkantine und esse zusammen mit Sarah und Léa, die ebenfalls zur Banlieue-Quote gehören. Sie kommen aus Aulnaysous-Bois. Sie sind die einzigen beiden Mädchen aus unserer Klasse, die mir normal, offen und sympathisch erscheinen, trotzdem habe ich nicht so richtig Lust, mich mit ihnen zu befreunden, denn sie erinnern mich zu sehr an alles, was ich selbst kenne und hinter mir lassen will, die Banlieue, das Département Seine-Saint-Denis, die Prioritäre Bildungszone, ein schrammeliges Gymnasium, ein ärmliches soziales Umfeld. Ich bin genau hier, als *Hypokhâgne* im Quartier Latin, um nichts mehr von der Banlieue zu sehen, diese beiden aber erinnern mich zwangsläufig daran, wo ich herkomme; ich weiß, dass ich ihnen gleiche, dass wir aus demselben Material gemacht sind. Bisher fehlt mir jedoch der Mumm, auf die anderen zuzugehen; die *happy few* haben einen seltsamen Schutzschirm um sich, der sie unnahbar und unberührbar macht.

Das einzige schwarze Mädchen der Klasse, das aus Créteil kommt, ist scheu und verhuscht, geht allen aus dem Weg, sagt nie etwas, hält sich im Hintergrund und verdrückt sich bei Schulschluss. In ihren Augen erkenne ich etwas, was ich in meinen nicht sehen will: Schockstarre.

Ein Mädchen aus unserer Klasse kommt mit seinem Essenstablett zu uns an den Tisch. Sie ist groß und dünn und hat die Angewohnheit, ihre langen hellbraunen Haare, die wie seidige Vorhänge ihr längliches Gesicht rahmen, über die Schultern zurückzuwerfen. Ich stelle fest, dass sie abgekaute Nägel hat.

Mit fröhlichem Lächeln stellt sie sich vor; sie heißt Clémentine und kommt vom Lycée Montaigne neben dem Jardin du Luxembourg.

»Lasst ihr euch zur Klassensprecherwahl aufstellen? Ich ja. Ich denke, mit einem Diplomatenvater und einer Psychoanalytikerin als Mutter habe ich ganz gute Chancen.«

Wir blickten uns an und fragten uns im Stillen, ob das ironisch gemeint war.

»Und bei euch, was machen eure Eltern?«

»Meine Mutter arbeitet in der Fabrik, mein Vater ist Taxifahrer.«

»Ach ja? Was ist das für eine Fabrik?«

»Eine Fabrik, die Eis produziert. Es ist Fließbandarbeit.«

»Und bei dir?«

»Meine Eltern arbeiten als Beamte im Finanzamt.«

»Uff, das ist ja nicht so lustig. Und du?«

Die Reihe ist an mir. Ich weiß nicht, warum, aber mich überkommt Lust, sie mit ihren langen Haarvorhängen zu erdrosseln, einen hübschen Knoten um ihren Hals zu schlingen und sie langsam ersticken zu sehen. Aber ich antworte brav:

»Meine Mutter ist Pflegehelferin, mein Vater Bauarbeiter.«

Sie redete wie ein Wasserfall weiter, erzählte uns ihr ganzes Leben, ihre Projekte und Ziele.

Wir hörten ihr zu und sagten kein Wort, während wir unseren Vanillejogurt fertiglöffelten.

Es war, als hätte sie uns mit der Frage nach dem Beruf unserer Eltern nackt ausgezogen. Die soziale Klasse lag mit einem Mal offen da, bei grellem Licht seziert und ausgeweidet.

Ich empfand einen tiefen Schmerz, ein heftiges Mitleid, das mir das Herz zusammenschnürte, für mich, für uns, für unsere Eltern, unsere Banlieue, unsere Anwesenheit in dieser Klasse, in dieser Kantine, am Tisch gegenüber von Clémentine.

Zwei Wochen nach dem Schulstart veranstaltete Clara, ein Mädchen aus unserer Klasse, eine Fete bei sich zu Hause. Sie hatte alle Mitschüler der HK3 eingeladen, damit wir uns besser kennenlernten. Léa wollte nicht hingehen, sie machte sich nichts aus Partys. Ich hatte ebenfalls keine Lust, aber Sarah, die sich ohne mich nicht hintraute, redete mir gut zu, sodass ich aus Solidarität einwilligte. Ich konnte sie nicht allein auf dieses Milieu loslassen, das mir zunehmend feindlich erschien.

Es war der sonderbarste Abend meines Lebens. Die Party fand in einer großen bourgeoisen Wohnung in der Rue des Écoles statt. Was mich dort am meisten beeindruckte, waren die Bücherschränke. Es gab gleich drei, weiß und mit Glastüren, darin kleine Lämpchen, die beim Öffnen angingen, und sie waren so groß, dass sie praktisch die Wohnzimmerwände ausfüllten. Claras Mutter war Künstlerin, ihr Vater Uniprofessor und Literaturkritiker.

Sarah hatte an fast alle Partygäste Gras verkauft, sehr gutes Gras aus der Siedlung Cité des 3000 in Aulnay. Sie sei im Business, wie sie es händereibend nannte. Die anderen hatten keinen blassen Schimmer von den Preisen oder Mengen oder der Qualität. Die arglosesten Kunden, die man sich vorstellen konnte. Und sehr schnell mussten wir feststellen, dass sie es nicht gewohnt waren zu kiffen. Sie wussten nicht, wie man die Joints drehte, kamen zu uns, damit wir es ihnen erklärten, und mit einem Mal sahen wir uns gemütlich im Wohnzimmer auf dem braunledernen Chesterfield-Sofa sitzen und den Workshop »Jointdrehen für Anfänger« leiten, während wir gleichzeitig Punsch tranken.

Einige Stunden, viele Gläser und Fluppen später geriet die Fete außer Kontrolle, kippte auf die dunkle, unbezähmbare Seite der aufbrechenden Impulse. War es die Mischung aus Alkohol und Hasch? War es der Druck des Hypokarzers? Oder eine Verrücktheit, die schon lange in ihnen schlummerte? Ich weiß es nicht, aber die Szenen, die vor uns abliefen, waren verstörend.

Auslöser war vermutlich dieser stockbesoffene Typ, der auf einen Tisch stieg und anfing zu schreien. Ich hasse euch, ich scheiß auf diese Klasse, ich scheiß auf euch alle, ihr Heuchler, wir machen hier einen auf Party und Besser-Kennenlernen, dabei habe ich gar nichts mit euch zu schaffen, im Gegenteil, ich werd euch bedenkenlos fertigmachen, euch niedermachen, um selbst Erfolg zu haben, denn das ist die Vorbereitungsklasse und nichts anderes, je miserabler ihr euch anstellt, desto höher steigen meine Chancen, ich spuck auf euch, ich kotz auf euch. Und tatsächlich erbrach er im nächsten Moment alles, was er getrunken hatte, auf das schöne Wohnzimmerparkett.

Anschließend fing ein Mädchen an zu schluchzen, das wie ein Häufchen Elend in einer Raumecke kauerte. Ein Junge ging zu ihr, um sie zu trösten, doch sie stieß ihn weg und weinte nur noch heftiger. Ihr ganzer Körper wurde von Krämpfen geschüttelt. Dann stand sie plötzlich auf, rannte los und warf sich gegen die Wand. Alle schrien auf. Schnell, wir müssen einen Notarzt rufen. Das arme Mädel hatte sich nicht verletzt, blieb aber auf dem Boden liegen und meinte, sie wolle sterben.

Auf dem Sofa uns gegenüber bemerkte ich ein Grüppchen von zwei Mädchen und zwei Jungen, die völlig schlaff und bleich waren und alle Symptome dessen zeigten, was man einen bad trip nennt.

Sarah und ich sahen uns an und dachten, es sei vielleicht an der Zeit, sich aus dem Staub zu machen. Das fühlte sich hier allmählich an wie ein Irrenhaus.

Ich lebe in einer gefährlichen Banlieue, habe einen leichten Akzent, auf den ich stolz sein sollte, ein Landsmann von mir, der das renommierteste Lycée Frankreichs besucht hat, hat sich mit 17 Jahren umgebracht, und manche meiner Mitschüler weisen sadomasochistische Züge auf, wenn sie eine Party feiern. Nach diesen zwei Wochen vermied ich jegliches Gespräch mit meinen Klassenkameraden, mit Ausnahme der beiden Mädchen aus der Banlieue.

Die Maske

Ich begann zu lügen. Ich log, wenn ich nur den Mund aufmachte. Ich trug eine Maske, die mich zugleich beschützte und mir das Gesicht wundscheuerte. Ich bekam keine Luft dahinter, konnte sie aber nicht mehr absetzen.

Ich tat, als könnte ich mithalten, als würde ich alles verstehen, als fiele es mir leicht. Ich gab mich für jemanden aus, die Englisch, Spanisch, Lateinisch mühelos verstand. Ich log in Bezug auf meine Hausaufgaben, behauptete, ich hätte den Geschichtsaufsatz über Cromwell schon fertig, den Aufsatz in Philosophie über Kant bereits begonnen und die Lektüreliste der Lehrer so gut wie abgearbeitet.

Ich bemerkte, wie erstaunt meine Gefährtinnen aus der Banlieue wirkten, wenn ich ihnen meine Lügen auftischte.

»Kapierst du etwas in Englisch? Es ist so ein Stress, ich komme überhaupt nicht mit«, gestand mir Sarah.

»Ja, es geht, ich verstehe zwar auch nicht alles, aber so 90 % vom Unterricht werden es schon sein.«

»Wirklich? Du musst ja super Lehrer am Collège und am Lycée gehabt haben.«

»Schon. Außerdem habe ich ziemlich gebüffelt, das zahlt sich jetzt aus.«

Wem spielte ich diese traurige Komödie vor? Meinen Eltern, meinen Mitschülern, mir selbst?

Ich bekam Angst, ich könnte so enden wie Jean-Claude Romand, könnte mich in einem Lügennetz verstricken, aus dem ich nie wieder herauskam, es sei denn durch Mord oder Selbstmord. Achtzehn Jahre lang hatte er gelogen. Alles hatte mit einer ersten Lüge begonnen: als er vorgab, das zweite Jahr seines Medizinstudiums bestanden zu haben. Wenn ich so weitermachte, würde ich wie er behaupten, ich hätte mein erstes Jahr bestanden und sei in die *Khâgne*-Klasse zugelassen worden, dann: Ich sei auf die École Normale Supérieure aufgenommen worden, ich hätte die Agrégation bestanden, ich würde an der Sorbonne unterrichten. Achtzehn Jahre lang brachte Romand seine Tage damit zu, auf dem Parkplatz einer Autobahnraststätte ein Sandwich zu essen oder als Gasthörer Medizinvorlesungen zu besuchen – ich würde sie damit zubringen, in den Hörsälen der Sorbonne zu sitzen oder mit einem Käsebaguette in der Hand durch die benachbarten Straßen zu wandern.

Ich fürchtete mich vor den ersten Noten, den ersten schriftlichen Prüfungen, der Herausgabe der Arbeiten, denn dann würde die Dimension meines Täuschungsmanövers offen zutage treten. Ich konnte nachts deswegen nicht einschlafen, ich hatte Albträume, in denen ich meiner Lügen überführt wurde. Ich fürchtete mich vor dem Moment, in dem man mir die Maske vom Gesicht reißen würde.

Der Philosophielehrer geht durch die Reihen und teilt unsere Arbeiten aus. Als er zu meinem Tisch kommt, schiebt er mir eine 2/20 zu. Meine Tischnachbarin sieht meine Note und fängt an zu lachen, dann eine weitere Schülerin und noch ein Schüler, schließlich lacht die ganze Klasse und zeigt mit dem Finger auf mich und beschimpft mich als Lügnerin. Ich schrecke schweißgebadet hoch, es ist tief in der Nacht.

Noch hatte ich keine Arbeit geschrieben, sodass mich auch noch keine Note verraten konnte. Doch wir befanden uns in der dritten Woche, und die Termine rückten näher.

Madame Carbonnier, eine sehr gut aussehende Frau von etwa 45 Jahren, war unsere Literaturlehrerin. Besagter Jacques, der sich vor der ersten Englischstunde so aufgespielt hatte, war ihr Sohn. Sie hatte kurzes blondes Haar, trug elegante, sexy Damenkostüme mit dazu passenden hohen Pumps und um den Hals immer eine Kette mit einem auffälligen Anhänger, der mitten auf ihrem Busen prangte. Sie hatte im Unterricht die Angewohnheit, während des Sprechens über ihren Anhänger zu streichen. Die Jungs in der Klasse starrten auf ihr Dekolleté, auf die langsame, sinnliche Bewegung ihrer Finger auf dem jeweiligen Stein, der genau dort lag, wo sie sich insgeheim hinwünschten.

Ich fand das abstoßend. Mich nervte diese Carbonnier, ihr großbürgerliches Gehabe und wie sie die Jugend in Wallung brachte. Während sie sich über den Hals und durch die Haare strich, erklärte sie uns, dass die Sprache etwas Sinnliches, Körperliches sei, dass wir einen Text genießen müssten, dass wir vor allem das Leben genießen müssten, um die Literatur zu begreifen. Sie knabberte am Stiel ihres Kugelschreibers, ließ dabei ihre kleinen weißen Zähne aufblitzen, eine sich wild gebende, alte Tigerin. Gab ein Schüler eine brillante Antwort, stieß sie kleine spitze »Ja«-Schreie aus. Wir befassten uns mit Proust, und wenn sie uns eine Textpassage vorlas, seufzte sie dabei, machte tiefe Atemzüge und schloss, sobald sie am Ende des Abschnitts angelangt war, die Augen. Kaum auszuhalten.

Sie erklärte uns, in zwei Wochen müssten wir unseren ersten Aufsatz abgeben. Der Gedanke erfüllte mich mit Schrecken. Die Vorstellung, eine mittelmäßige Note in Literatur zu bekommen, war mir unerträglich. In anderen Fächern konnte ich mich damit abfinden, nur nicht in Literatur.

Die Sehnsucht lässt die Dinge blühen, der Besitz bringt sie zum Welken. Kommentieren Sie dieses Proust-Zitat vor dem Hintergrund seines Werks.

Ich las das Thema und wusste im selben Moment, dass ich diesen Aufsatz nie abgeben würde.

Meine Tischnachbarin lächelte und sagte:

»Was für ein schönes Thema! Da kriege ich gleich Lust loszulegen. Da fällt einem natürlich sofort das

Problem der Eifersucht ein, das sich vor allem durch *Die Gefangene* und *Die Entflohene* zieht. Aber ich denke, es steht ebenso für das Proust'sche Schreiben an sich.«

Und aus irgendeinem Grund antwortete ich ihr:

»Die Gefangene, die Entflohene, das bin ich.«

»Wie? Was meinst du?«

»Nichts, schon gut …«

Ich verließ den Klassenraum wie ein Roboter. Stieg in den RER Richtung Saint-Michel. Auf der ganzen Fahrt und dem Fußweg zu mir nach Hause sagte ich mir, dass ich unmöglich innerhalb von zwei Wochen den ganzen Proust lesen und diesen Hausaufsatz schreiben konnte. Ich hatte lediglich *In Swanns Welt gelesen*. Ich war verloren.

Mein Traum, meine Ziele, meine Pläne – alles war verwelkt, noch ehe ich es überhaupt besessen hatte. Meine Sehnsucht war verdorrt, bloßer Schein eines Scheins, von Anfang bis Ende eine Lüge. Man hatte mich belogen, indem man mich glauben machte, dass ich als *Hypokhâgne* am richtigen Ort sei, ich hatte mich selbst belogen, als ich glaubte, der Königsweg sei etwas für mich. Die Gleichheit der Chancen, das staatliche Schulwesen, der Kuchen der Elite – es war schlicht ungenießbar, unbekömmlich. Ich würde nichts mehr davon essen. Dieser Aufzug, in den ich gestiegen war, verursachte mir Schwindel und Übelkeit. Ich wollte ihn nicht mehr benutzen.

Die Flucht

Flucht war die einzige Möglichkeit, die mir blieb. Ich spürte es körperlich, ich konnte nicht länger bleiben. Aber wie meinen Misserfolg öffentlich machen? Wie sollte ich es meinen Eltern sagen? Wie sollte ich es Massoud sagen, der so stolz gewesen war, dass man mich am Fénelon in die Vorbereitungsklasse aufgenommen hatte?

Ich gab mir einen Tag Bedenkzeit.

Ich grübelte hin und her, bis ich darüber schier wahnsinnig wurde. Und wenn ich wenigstens dieses eine Jahr blieb? Dann könnte ich danach auf die normale Universität gehen. Allerdings brauchte ich dafür einen entsprechenden Abschluss, der mir angerechnet wurde, und angesichts meines Leistungsniveaus war das keineswegs sicher. Womöglich konnte ich mich nicht einfach im zweiten Unijahr einschreiben und musste dort erst wieder von vorn anfangen. Das wäre wie einmal sitzengeblieben. Und wie sollte ich meinen Mitschülern in die Augen schauen, wenn meine Noten erst einmal ans Licht kamen? Wie sollte ich in diesem Karzer auch nur wenige Tage länger aushalten, geschweige denn ein ganzes Jahr?

Ich kam mir vor wie eine Ratte, die in eine Falle gelaufen war, in die Falle meiner eigenen Eitelkeit. Ich hatte nach den Sternen gegriffen und war tief gefallen.

Es war beschlossene Sache: Noch heute, am letzten Tag der dritten Woche, würde ich der HK3 des Lycée Fénelon den Rücken kehren und den Königsweg, dem ich mich verschrieben hatte, für immer verlassen.

Der letzte Unterricht an diesem Tag war bei Madame Carbonnier. Am Ende ihrer Literatur- oder eher Masturbationsstunde suchte ich das Gespräch mit ihr. Sie räumte gerade ihre Sachen ein. Ich ging zu ihrem Pult und roch im Näherkommen ihr schweres, betörendes Parfüm.

Ich sagte ihr, ich würde die Vorbereitungsklasse verlassen. Sie hob den Kopf, nahm ihre Brille ab und sah mich kurz an. Während sie weiter ihre Sachen in die Tasche räumte, antwortete sie, das sei vermutlich die richtige Entscheidung, denn, wie schon der Schulleiter gesagt habe: Die HK ist kein Spaziergang. Wohin wollen Sie gehen?, fragte sie, schon halbwegs durch die Tür. Ich überlege, an die Sorbonne zu gehen, für das DEUG-Studium in Neuerer Literaturwissenschaft. Ah, sehr gut, wissen Sie, ob hier oder woanders, Hauptsache, man hat seinen richtigen Platz gefunden. Sie ging mit schnellen Schritten durch den Flur, und ich hatte Mühe mitzuhalten. Denken Sie, die Sorbonne ist eine gute Universität für ein literaturwissenschaftliches Studium? Oh, ja, ja, machen Sie sich keine Sorgen. Wir überquerten den Hof, und weil mir lauter Schüler im Weg standen, konnte ich nicht mit ihr Schritt halten. Sie verließ das Gebäude, und ich musste rennen, um sie einzuholen. Tut mir leid, ich muss leider los, dann Ihnen noch viel Erfolg. Und sie verschwand auf klappernden Absätzen über die Steinplatten des Trottoirs, mit ihren Ordnern unterm Arm, der schönen schwarzen Ledermappe und ihrer kleinen Krokohandtasche von Lancaster.

Sie ließ mich mitten in der Rue de l'Éperon einfach stehen.

Erste Klasse

Es regnete. Ein frühherbstlicher Nachmittag in Paris. Wie ein nasser Hund trottete ich zum RER-Bahnhof, um in meine Banlieue zurückzukehren. Ich hatte es nicht eilig, nach Hause zu kommen. Ich hätte noch Stunden so im Regen umherlaufen und die Leute beobachten können, wie sie durch die Straßen eilten, sich den Kopf gegen die Nässe bedeckten und einen Zahn zulegten. Ich mochte diesen Regen, der die ganze Schmutzschicht meiner Lügen und Illusionen abwusch und in den Rinnstein spülte.

An der Fontaine Saint-Michel blieb ich stehen und betrachtete die Statue in der Brunnennische. Der Erzengel Michael, wie er den Teufel niederrang. Er war mitleiderregend, dieser Dämon mit dem verzerrten Gesicht, und das Schwert des Erzengels war ganz verbogen.

Ich war kläglich gescheitert, aber ich fühlte mich leicht, von dem Gewicht befreit, das seit drei Wochen auf meiner Brust gelastet hatte. Alles war auf einmal weg: die häuslichen Aufsätze, die Prüfungen, die Tests, die tonnenschweren Lektürestapel, die unverständlichen Unterrichtsstunden, die Auszeichnungen, die Medaillen, der rote Teppich, die Großartigkeit, die

Elite, der Kuchen, der Aufzug. Die Sirenen waren verstummt. Ich war erleichtert, sie nicht mehr zu hören. Diese verfluchten Sirenen.

Es gab nur noch das Prasseln des Regens, hier und da Hupen, die Lichter der Stadt, die von den Tropfen gekitzelte Seine. Ich ging zu Fuß bis Notre-Dame, setzte mich auf eine Bank auf dem Vorplatz der Kathedrale. Trotz des Regens standen die Touristen Schlange. Ich blickte nach oben, dort auf Höhe der Türme war niemand zu sehen. Es war einfach nur eine Kathedrale.

Als ich nach Hause kam, saßen meine Eltern im Garten und rauchten. Bei ihrem Anblick brach ich in Tränen aus. Ein heftiger Weinanfall, kleiner ging es wohl nicht. Es schüttelte mich regelrecht. Erschrocken sprangen sie auf und fragten mich, was passiert sei. Ich konnte nicht sprechen, brachte kein einziges Wort heraus. Schließlich sagte ich ihnen, dass ich alles hinschmeißen würde, dass ich nicht mehr in die Vorbereitungsklasse gehen würde, dass es zu schwer für mich sei.

Sie trösteten mich. Na hör mal, das macht doch nichts, das ist doch kein Grund zur Verzweiflung. Dann gehst du eben auf die Uni, dort wirst du auch deinen Weg machen. Die Uni? Da gehen die hin, die die Grandes Écoles nicht schaffen. Da gibt es nicht mal ein Auswahlverfahren, jeder mit einem Abi kann da hin.

Ich trocknete mir die Tränen und ging ins Haus. Ich stieg die Treppe hoch, um in mein Zimmer zu gehen, und kam dabei an dem meines Bruders vorbei. Er spielte mit seinen geliebten Legosteinen. Ich blieb stehen und sah ihm zu. Er war ganz vertieft in seine neue Konstruktion, beugte sich über die bunten kleinen Steine, die er mit größtem Ernst zusammenfügte. Ich ließ meine Schultasche im Flur liegen und kam in sein Zimmer. Ich setzte mich auf den Boden und spielte mit. Ich wollte nichts anderes tun, als mit ihm Lego zu spielen.

Was baust du da? Ein großes Schlachtschiff. Kann ich dir dabei helfen? Klar.

Stundenlang spielte ich mit ihm. Ich wünschte mir, die Zeit würde einfrieren, unser Spiel würde ein Leben lang andauern, unser ganzes Leben wäre in diesem Legospiel enthalten, in diesem großen Schlachtschiff, das es zu bauen galt, und sonst nichts.

Ich bin sechs Jahre alt. Ich besuche nicht mehr die Vorbereitungsklasse, sondern die erste Klasse.

Vorschulklasse, erste Klasse, Vorbereitungsklasse, das klingt fast gleich.

Ich bin sechs Jahre alt und spiele Lego.

Alles wird gut.

Du hast in Teheran und Paris, in Peking und Istanbul gelebt. Du hast Reisen nach Indien, Kambodscha, Chile, Deutschland, Spanien, Holland, England, Kanada, Italien, Portugal, Griechenland, Serbien, Bosnien und Kroatien unternommen, und schließlich und endlich kehrst du nach Drancy zurück, dort lässt du dich nieder.

Sobald es mir möglich war, habe ich versucht, dieser Vorstadt zu entkommen. Ich wollte nie wieder zurück. Solange ich dort lebte, empfand ich diese Stadt, ihre Geschichte, ihre Belanglosigkeit, ihre Gleichgültigkeit immer als etwas, das man ertragen musste. Vielleicht hat es damit zu tun, dass ich in der alten Wohnsiedlung der Cité de la Muette lebte. Es war ein trostloses Ambiente. Ich hatte immer das Gefühl, dass man sich in dieser Siedlung im Abseits befand.

Ich muss elf oder zwölf Jahre alt gewesen sein, genau weiß ich es nicht mehr. Plötzlich war da diese Tafel vor mir, auf der stand, dass an diesem Ort Menschen einen 36 Meter langen unterirdischen Tunnel gegraben hatten, um aus dem Sammellager zu fliehen. Unwillkürlich blickte ich zu Boden und sah unter meinen Füßen eine grau gepflasterte Allee, die noch etwa zehn Meter weiterlief und dann abbrach.

Ich las den letzten Satz auf der Tafel: Es fehlten ihnen noch drei Meter bis zur Freiheit.

In diesem Moment glaubte ich, der Boden würde sich unter mir auftun. Ich hatte das Gefühl, in diesen unterirdischen Tunnel zu fallen. Meine Beine zitterten.

Seither habe ich jedes Mal, wenn ich meine Eltern besuche, die noch immer in Drancy leben, diesen Satz im Kopf: Es fehlten ihnen noch drei Meter bis zur Freiheit.

Ich schreibe Ihnen aus Drancy.

Es ist eine Stadt, die nicht viel von sich hermacht, die niemanden zum Träumen bringt, aber hier bin ich zu Hause.

Ich habe mich hier niedergelassen.

An manchen klaren Morgen betrachte ich von meinem Fenster aus, wie die Sonne über den roten, orangenen und braunen Ziegeldächern der Familienhäuser aufgeht, sehe die blau-schmutzigrosa Fassaden der Mietshäuser in der Rue Salengro nahe der Feuerwache, einige Bäume, dahinter die Gaston-Roulaud-Siedlung, das Gerichtsgebäude von Bobigny, noch weiter entfernt den Fernsehturm von Romainville, und über all dem den großzügigen weiten Himmel, der sich vor mir ausbreitet, hier und da durchflitzt von Amseln, Krähen, grünen Sittichen, Mauerseglern, und da ist nichts, was ihn versteckt oder verbirgt, nichts, was mich daran hindert, den Horizont zu sehen.

Abdruckverzeichnis